KB077171

TOY
@TERRACE OF YEONJAE

다르게 살자

2023년 신개념 인생 연계특강

인생특강

연재지음

우리의 인생이 특별하고 강해지는 순간

인생특강

지은이   연재
발 행   2023년 1월 6일
펴낸이   김희경
펴낸곳   all that writing 연재의 테라스
출판사등록 2022.04.01.(제2022-000016호)
이메일   bangroo@naver.com

ISBN   979-11-981537-7-7

ⓒ 연재, 2023

인생특강

우리의 인생이
특별하고
강해지는 순간

연재 지음

두려움은 괴물을 낳고
사랑은 거인을 낳는다.

차   례

작가의 말

곧은 소리는 곧은 소리를 부른다는 시인의 말을 증
명하고 싶었다. 세상의 좋은 모든 것에 그것을 적용하
고 싶었다. 아름다움은 아름다움을, 강한 것은 강한 것
을, 풍요는 풍요를 부른다는 말을 나는 믿는다.

　2022년, 왜 나의 인생이 더욱 특별하고 강해졌는지
그 이유를 당신에게 들려주고 싶다. 이제는 당신이 특
별하고 강해질 순간이라고 믿기 때문이다.

(2022. 12. 1. 쓰는 사람 然在)

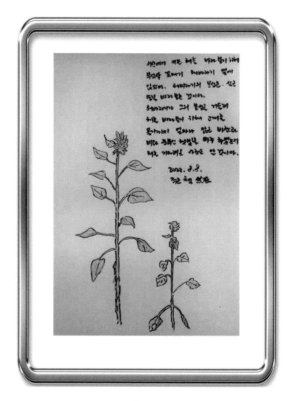

해바라기

　서산에서 지는 해를 바라보기 위해 부석사 꼭대기
해바라기 옆에 앉았다. 해바라기의 본성은, 실은 땅을
바라보는 것이다. 해바라기가 그의 본성을 거슬러 해
를 바라보기 위해 얼마나 많은 바람과 비와 눈부신 햇
빛을 마주 하였는지 해를 기다려온 사람은 알 것이다.

(2022.8.8. 서산 부석사. 然在)

인생특강 1

나는 이미 희망봉에 있습니다.

촉촉한 땅, 하늘 길 열리다.

(2022. 3. 17. 운동장 느티나무. 然在)

자부심 가득한 당신을 상상합니다.

"당신의 리즈는 언제였나요?"

만나는 사람마다 꼭 해야지 하고 생각해둔 질문이다. 내가 꼭 질문하지 않더라도 자연스럽게 자신의 인생 스토리를 들려주는 사람들이 꼭 들려주는 게 자신의 리즈 시절 이야기이기도 하다.

가을에서 겨울로 넘어가는 문턱에서 추위를 체감하지 못하고 저무는 해를 아쉬워했던 나는 얇은 옷을 입고 발레 지젤을 보러 갔다가 그만 감기에 콕 걸려버리고 말았다. 사랑을 믿었다가 그리고 나중엔 그 사랑이 거짓이라고 믿었다가 결국 본인 지병인 심장병이 원인이 되어 죽게 된 춤꾼 아가씨 지젤이 귀신이 되어서도 다른 귀신들이 자기 남자를 죽이려 하는 것을 막으며 자신의 사랑을 보호하려고 했다는 순정 가득한 이야기를 추위에 떨며 별 감흥 없이 띄엄띄엄 보고 나서, 남녀노소 모두에게 인기 있는 사랑 이야기는 왜 항상 비극으로 끝날까 하는 생각을 했다. 스토리 자체로 봐선 여자들은 별로 안 좋아할 것 같은데 말이다.

어찌했건 나는 이제 그런 비극은 애써 찾아가면서까지 보지 말아야겠다는 다짐을 하는 기회가 되었고 그로 인해 얻게 된 감기로 인해 이 글까지 쓸 마음이 들었으니 감사한 것으로 기억하기로 한다.

나는 순정파 여성들의 비극 이야기보다 뮤지컬 킹키부츠같이 남성이든 여성이든 트랜스젠더이든 경쾌하고 밝고 강한 사람들의 해피엔딩 스토리를 좋아한다. 특히 마음 한켠이 결핍되어 있던 사람이 그 결핍이 동기가 되어 강한 자로 변모한다는 스토리. 그 중 하나가 아주 오래 전 했던 드라마 '선덕여왕'에 나오는 미실의 이야기이다.

사랑은 아낌없이 빼앗는 것이다. 그게 사랑이야. (미실)

나에게는 이 대사가 뇌리에 깊이 남아있다. 처음에 들었을 땐, 참 말도 잘 만든다 했고 몇 해를 두고 곱씹어볼수록 그래 맞지, 맞는 말이야 했다가 지금은 100% 동의하는 생각으로 내 안에 자리 잡고 있다.

나는 사람을 얻어 나라를 얻으려고 했다. 너는 나라를 얻어 사람을 얻으려 하고 있어. (미실)
덕만 공주님은 사람이자, 신국 그 자체입니다. (비담)

중략

여리디여린 인간의 마음으로 너무도 푸른 꿈을 가졌구나.
(미실)

 대의명분보다 실리를 추구하는 요즘의 문화에 빗대어보면 너무나
도 당연한 듯 보이는 생각을 죽는 순간에도 눈 하나 깜짝 안 하고
조곤조곤 말하는 미실은 현대적이고 실리적인 사고의 소유자이며
참으로 강한 자이다. 그리고 사랑은 아낌없이 빼앗는 것이라는 미
실의 이 말은 대의적으로도 정말 맞는 말이다. 이 말이 어떤 점에
서 정말로 맞는지 깊이 생각하기를 원하는 사람은 이 책의 글들
중에서 사랑에 대한 철학적 성찰의 글, 플라톤의 향연과 키에르케
고어의 사랑의 역사를 비교하여 내 생각을 정리한 글인 '사랑과 존
재의 변형'을 읽어보기를 권한다. 거기에 내 최신 생각을 굳이 추
가한다면 어떤 욕망도 나쁘지 않다는 것이다. 욕망은 각자에게 우
선 순위는 있을지언정 더 저급할 것도 더 고급질 것도 없는 욕망
일 뿐이다. 욕망은 신이 주신 소중한 선물이다. 사람을 얻고자 하
는 욕망, 나라를 얻고자 하는 욕망, 무엇이 앞이고 무엇이 뒤이건
무슨 상관인가. 대의명분을 앞세우면서 실제로는 아닌 척 실리를
추구하는 대부분의 위선자들이 문제이다. 그들은 강한 자가 아니
라, 자기 욕망에 정직하지 못한 자이다.
 오랜 시간 동안 나는 돈에 대한 욕망이 나에게는 없다고 생각했

다. 돈을 추구하는 삶은 왠지 저급하고 속물적이고 고귀하지 못한 거라고 생각했다. 돈에 대한 혐오는 돈으로부터 스스로를 멀어지게 한다. 인생의 우여곡절을 겪고 난 뒤에야 나는 풍요로운 삶에 대한 나의 욕망을 조금은 소중히 다룰 수 있게 되었다. 솔직히 말해서 돈과 사랑에 빠진 게 죄는 아니지 않은가. 나는 돈이 싫었던 게 아니라 돈을 좋아하는 사람처럼 보이는 게 싫었던 것 뿐이다. 다르게 말한다면 돈도 돈이지만 고귀한 무엇인가를 함께 추구하고 싶었다는 정도로 정리해둔다. 나는 이런 생각을 갖게 한 나 자신에게 감사한다. 무엇보다도 나에게 풍요로운 삶을 허락한 나 자신에게 깊이 감사한다. 혹시 이전의 나처럼 돈에 대한 부정적인 잠재의식을 가진 사람들이 있다면 그들을 위해 한가지 정보를 드린다. 아리스토텔레스가 자기 아들 니코마코스를 위해 썼다는 윤리학을 보면 돈에 대한 미덕을 아주 잘 설명해놓았다. 돈을 잘 쓰는 사람의 미덕을 뭐라고 하는지 아는가. 바로 자유인다움이다. 나는 이것을 읽은 뒤 돈에 대한 생각이 싹 바뀌었다. 자유인, 내가 가장 되고 싶은 게 바로 자유인인데, 자유인다움이란 게 바로 돈을 탁월하게 잘 쓰는 자유인이 가진 미덕이라니. 나는 자유인다운 자유인이 되기를 소망한다. 나는 자유인답게 아주 잘 쓸 것이다. 고대 그리스 시대, 자유인이 있고 자유인이 아닌 자들이 있었다. 이를테면 노예 같은. 노예는 일을 해야만 돈을 벌 수 있는 존재라고 자기 스스로를 인식한 자이다. 자유인이 자유롭게 상상해 놓은 계급이라는 상상의 질서에 순순히 응한 자들. 나는 태어날 때부터 흙수저였다고 자신을 인식한 노예가 되기를 거부한다. 내 맘이다. 나는 상상한다. 내가 원하는대로. 원래, 나는 뼛속 깊이 모태 공주였던 것이다. 다이아몬드 수저를 손에 딱 쥐고 태어났던 것이다. 잠깐, 약 50년간 (뭐 억겁의 시간으로 따지면 얼마 안 되는 시간이다) 그것을 잊었던 나는 노예처럼, 소처럼 일만 했던 것이다. 그런데 그 삶이 약 5000년간 무한 반복되어 왔다는 것을 알아버린 것이다. 아, 억울하다. 나는 노예 해방을 꿈꾼다. 나로부터 혁명이다. 지금 나에 대한 나의 인식이 나의 미래를 말해준다면 나는 나를 무엇으로 인식할 것인가. 이제부터 나는 일을 해서 돈을 벌어야 한다는 그런 잘못된 믿음을 가진 노예근성을 싹 버릴 것이다. '직장을 왜 다녀요? 집돈 쓰지.' 뼛속 깊이 자유인으로 태어난 사람은 이렇게 말한다. 그 마음 이제 내 거다. 나도 자유인이다. 나는 마땅히 써야 할 때, 마땅히 써야 하는 방식으로, 마땅히 써야 하는 만큼 쓸 수 있는 자유인다운 자유인이다. 나는 돈을 아주 잘 쓸 줄 아는 사람이다. 나.아.잘.쓰.다.

　나는 대놓고 자기 욕망을 드러내는 사람들을 마음 깊이, 진심으로 존경한다. 그러나 그러면서 아닌 척하는 인간들을 혐오한다. 자기 욕망에 대놓고 솔직한, 내가 사랑했던 위대한 정신들의 특징을 살펴보다가 그들이 가진 공통적인 부분을 드디어 오늘 발견했다. 그들은 자부심이 가득한 사람이다. 다양한 부심 중 가장 좋은 부심, 자기 부심, 자부심.

　나는 오랜 시간 자기 부심이 없는 나 자신에게 절망했다. 나 스스로 자부심이 부족하다고 인식했던 나는 자부심이 강한 사람들에게 묘하게 끌렸다. 내가 소띠인데 큰 눈을 껌뻑거리면서 도살장으로 끌려가는 소처럼 자신을 무조건 따라와 하면서 끌고 가는 사람의 자부심에 신기하게 아무 반항 없이 이끌렸다. 그런 이끌림의 무한 반복을 이제는 끝내기 위해 몸부림을 쳤다고 해도 과언이 아닐 것이다.

가볍게 걸린 감기로 인해 생긴 가슴 통증이 마치 나를 죽일 것 같은 두려움으로 변하여 나를 엄습했던 지난 밤, 나는 겨우겨우 기억해냈다. 자기 부심, 자. 부. 심. 그래 자부심이야. 내가 가장 사랑을 받았던, 아낌없는 사랑을 받았던 지난 7년간의 연애를 나는 기억한다. 그때는 맞고 지금은 틀린 게 있다면 무엇일까 생각했다. 가장 고통스런 순간은 통찰의 잠재력이 발동하는 순간이다. 그래, 오너라, 고통아, 나는 고통을 환영한다. 눈에 넣어도 안 아플 나의 사랑하는 딸들에게 결핍의 고통을 안겨준 것에 대한 자책의 순간, 죽을 만큼의 고통도 견뎌낸 나다. 너 따위가, 하면서 겨우겨우 기억해냈던 나의 리즈 시절 감사한 순간들.

나는 쓰고 싶다
매일 쓰고 싶다
다 쓰고 싶다

(연재, 쓰는 사람 중)

누구의 시선도 의식하지 않고 오직 나 자신과 독대하며 나 자신의 목소리를 받아쓴다는 이 고독한 글쓰기는 내가 할 수 있는 가장 고급스런 행동이다. 고독한 글쓰기, 이것은 나를 아주 위대한 자, 고귀한 자로 변모시켜준다. 나는 오직 나 자신만을 바라보고 나 자신이 들려주는 목소리에만 귀 기울인다. 타자의 목소리가 들려올 틈을 주지 않는다. 타자의 목소리는 그것이 긍정의 칭찬이든, 부정의 비난이든 타자의 의지가 반영된 것이다. 나는 글쓰기에 있어서만큼은 오직 나 자신의 목소리만을 듣고 싶다. 나는 절대로 나 자신으로 산다는 것을 포기하고 '타자의 의지의 제물'이 되지 않을 거라고 다짐했던 나의 리즈 시절 어느 순간을 또 기억해낸다. 쓴다는 것 그것은 나에게 그런 의미이다. 사실 나는 쓴다는 것이 나를 자부심으로 가득하게 만들고 나를 살게 하는 그런 힘이 있을 줄은 정말 몰랐다. 릴케가 어떤 젊은 시인에게 보낸 편지에서 정말 쓰고 싶다면 쓰지 않고서는 죽을 것 같을 때 그때 쓰면 된다고 했던 충고를 떠올려본다. 나는 이제 진짜 쓰고 싶다. 매일 쓰고 싶다. 다 쓰고 싶다.

 당신의 리즈 시절, 당신은 무엇을 했는지 궁금하다. 무엇이 당신을 자부심으로 가득하게 했는지 떠올리기를 바란다. 나는 아낌없이 자부심 가득한 당신을, 최상의 상태에 있는 당신을 내가 갖고 싶은 대로 기꺼이 상상할 것이다. 그리고 아낌없이 다 내 것으로 만들 것이다. 풍요로운 내면은 무한하므로. 당신의 마음 속에 쌓아둔 보석을 내가 빼앗는다고 하여 없어지는 것이 아니므로. 릴케의 말마따나 '내면, 그것은 광대무변한 하늘'이므로.

(2022.11.11. 然在)

침묵 속의 당신을 환대합니다.

안녕하십니까?

저는 쓰는 사람 연재(然在)입니다. 몇 해 전 제가 썼던 글들 몇 편을 여러분들과 함께 읽으려는 이유는 그때 썼던 제 글의 정서가 어땠었고 그런 정서가 저를 어떤 삶으로 이끌었는지 알려드리기 위함입니다. 글을 쓴다는 것은 이데아를 형상화시키는 과정인 것인데, 그 이데아가 삶으로 나타나게 될 것을 모르고 참으로 겁 없이 글을 썼던, 그것도 창작인들의 문학 잡지에 실을 정도로 거침없었던 지난 일들을 물론 후회하지는 않습니다. 그러나 글을 쓰시기 위해 모인 여러 선생님들께서는 제가 했던 오류를 범하지 않기를 바라는 마음에서 앞으로 어떤 글을 쓰시든지 꼭 기억하셨으면 하는 것들을 알려드리려 합니다. 저는 전문 작가도 아니고 공주의 작은 학교에서 아이들을 가르치는 이름 없는 초등교사입니다. 공주? 거기에도 글 쓰는 사람이 있나? 할 그런 작은 마을의 테라스에서 저는 오늘 이렇게 여러 선생님들 앞에서 쓰는 사람 연재(然在)라고 불리우길 바라며 섰습니다. 쓰는 사람이기를 소망하여 이 자리에 오신 여러 선생님들께서도 자기 자신에게 꼭 맞는 이름으로 스스로를 부르시게 될 것으로 저는 믿고 있습니다.

우리가 앞으로 5회 동안 하게 될 작업들에 관해 간단히 설명해 드리겠습니다. 1회차에 우리는 봄밤, 이타카라는 시를 함께 읽습니다. 글을 읽고 난 뒤 우리는 잠깐 침묵의 시간을 가질 것입니다. 작가는 고독한 내면으로 들어가 그곳에서 먹고, 그곳에서 마시고, 그곳에서 울고 웃고 다 하는 사람입니다. 어디에서 쓸 것인가? 2022년 3월의 저는 그것에 대한 답을 이렇게 드립니다. 바로 여러분의 내면에서 그렇게 하십시오. 우리는 이 모임에서 서로 거의 말을 나누지 않을 것입니다. 할 말이 있으시면 내면의 자신과 대화하십시오. 혹시 자신의 이야기를 들어줄 누군가가 필요하시다면 그것을 기꺼이 들어줄 사람이 있는 곳으로 가십시오. 여기는 쓰는 사람을 위한 공간이므로 그에 맞게 여러 선생님들이 내면으로 깊이 들어가실 수 있도록 저는 기꺼이 그 길을 안내할 것입니다. 그리고 만약 써야 할 것들이 있으시다면, 안에서 터져 나오는 목소리가 있으시다면 조용히 편한 공간으로 가서서 쓰십시오. 그리고 그것을 누구에게도 보이지 마시고 조용히 집으로 가져가십시오. 그리고 음성 녹음으로 낭독해보시기를 권합니다. 자신의 목소리에 담긴 정서가 어떤지 들어보십시오. 만약, 그 정서가 비탄이나 후회, 짜증, 원망, 미움이라면 모두 태워 날려 보내시기 바랍니다. 영원한 그곳으로 날려보내십시오. 그리고 다시 또 우리는 우리 내면으로 들어가야 합니다. 광대무변한 하늘. 릴케는 우리 내면에 대해 이렇게 말했습니다. 내면의 하늘과 절연되지 않기를 소망했던 그가 위대한 이유는 바로 내면의 힘을 알고 그 안으로, 그 고독 속으로 기꺼이 들어갔기 때문입니다. 우리도 할 수 있을까요? 물론입니다. 우리가 릴케나 괴테와 무엇이 다릅니까? 릴케와 괴테가 위대하다면 나도 여러 선생님들도 모두 위대합니다. 우리는 모두 광대무변한 하늘, 내면의 위대한 자아 The Great I Am을 품고 있기 때문입니다.

2~5회차의 모임도 1회차와 같은 루틴으로 진행할 것입니다. 글을 함께 낭독하고 난 뒤, 어떤 느낌이 일어나든 밖으로 소리 내지 않고 침묵으로 들어갑니다. 침묵 속에서 나를 만나고 내면으로부터 들려오는 목소리에 귀를 활짝 열고 기다립니다. 써야 할 것이 있어 못 견디겠을 때 그때 씁니다. 쓸 것이 없다고 걱정하기보다 나는 쓸 것이 아주 많구나, 나는 위대한 작품을 썼구나 하고 감사하는 마음을 품습니다. 그리고 조용히 기다리십시오. 쓴 것이 무엇이든 누구에게도 보이지 마시고 집으로 가져가서 또 조용히 낭독합니다. 그리고 그 글에 담긴 정서와 읽을 때의 정서가 무엇인지 관찰하십시오. 그리고 원하는 정서가 아니라면 영원한 광대무변의 하늘로 태워 날려 보내십시오. 그리고 그 경험과 그 정서를 다른 것으로 바꾸십시오. 과거를 바꿀 수 있을까요? 네, 바꿀 수 있습니다. 우리는 상상의 힘으로 그렇게 할 수 있습니다. 과거에 있었던 경험과 그 감정에 대한 나의 내면의 인식을 바꿈으로써 가능합니다. 현존하는 실재란 인식, 오직 인식 뿐입니다.

모임을 끝내며 우리는 한자리에 모여서 '지금 나는 어떠하다'라고 간단히 말합니다. 만약 불쾌하고 걱정되고 초조하시다면 그 정서를 입 밖으로 내지 마시고 대신 '나는 평온하다, 나는 평화롭다' 이렇게 나의 미래를 현재로 앞당겨 여러 선생님들 앞에서 소리 내어 말합니다. 그리고 나의 소망을 간단하게 한 문장으로 요약하여 말합니다. '나는 글을 아주 자유롭게 쓰게 되었습니다. 나는 위대한 작품을 쓰게 되었습니다.' 등의 문장으로 말입니다. 항상 기쁨으로 충만해진 마음으로, 쓰고 있음에 감사하며, 쉬지 말고 쓰는 사람이 되시기를 바랍니다. 감사합니다. (2022. 3. 공주 해밝은 작은 도서관. 然在)

해밝은 꽃밭에서

사이좋은 앵두나무 두 그루

와, 어서 와

드루와, 드루와

장미 부르네

　　(2022. 4. 9. 공주 해밝은 작은 도서관. 然在)

인생특강   우리의 인생이 특별하고 강해지는 순간

대상   꿈꾸는 당신

목적   이 프로그램을 통해 당신은 무엇을 얻을 수 있는가?

1   당신은 당신의 부정적 과거 기억을 긍정적 미래 기억으로 바꿉니다.

2   당신은 당신이 원하는 것에 집중함으로써 긍정의 감정을 자유로이 선택합니다.

3   당신은 불안이나 두려움 없이 당신이 원하는 미래를 열어갑니다.

4   당신은 무한하게 상상하고 무한하게 성취합니다.

5   당신은 놀라운 부를 누리면서도 영적으로 균형 잡힌 삶, 진정한 풍요를 누립니다.

6   당신은 당신의 창조적인 삶을 통해 인류를 위해 공헌합니다.

순	강의 주제	함께 읽는 글
1	내면의 나 위대한 자아	조셉 베너의 기도 봄밤 (김수영) 이타카 (콘스탄티노스 카바피)
2	메타 인지 생각하는 나를 생각하는 존재의 확실성	아, 절연되지 않기를 기도하는 시간을 위한 시 #7 (라이너 마리아 릴케)
3	진화의 방향 기억의 저장소 전두엽을 혁명시키라	자기 신뢰 (랄프 왈도 에머슨)
4	무의식 상상, 무한한 보고	자기 신뢰 (랄프 왈도 에머슨)
5	통제된 꿈 상상에 질서 부여하기	믿음으로 걸어라 (네빌 고다드)
6	원하는 대로 삶을 디자인 하라	믿음으로 걸어라 (네빌 고다드)

활동 내용	0. 여는 이야기 마음 카드 뽑기, 일상 나누기 1. 주제 강의 2. 거룩한 독서 3. 내면의 나를 만나기 침묵의 시간, 명상 4. 자기 암시 확언 쓰기 5. 상담 및 피드백
부록. 내면 여행을 함께 했던 배움의 도구	선택이론에서 배우기 비폭력대화 넘어서기 버츄 프로젝트(Virtue Project)에서 배우기 주역에서 배우기 명상 : OVER THE RAINBOW

1강   내면의 나
위대한 자아 (The Great I Am)

 우리는 두 개의 자아를 가지고 있다. 감각 세계의 자극에 반응하는 겉으로 드러난 자아, 그리고 그런 나의 반응을 다 보고 듣고 그 모든 것들을 켜켜이 모아 깊은 기억 속에 저장하여 두는, 그래서 그 깊은 기억을 통해 겉으로 드러난 자아를 사실상 통제하는 내면의 자아. 내면의 자아는 겉으로 드러난 자아의 생각을 지배하고 있다. 자신이 하는 생각이 어디로부터 온다고 당신은 생각하는가. 당신은 당신이 어떤 존재라고 생각하며 살고 있는가. 내가 나를 어떤 존재라고 인식하는지에 따라 인생의 모습이 달라진다. 나는 내가 나라고 인식한 존재(I Am that I Am)이기 때문이다. 이 생각을 진정으로 받아들이기 전, 나는 나에 대해 함부로 생각하기를 서슴지 않았다. '나는' 뒤에 이어지는 말들에 못났다거나, 부족하다거나, 자신 없다거나, 아무튼 별루다 라는 말을 붙이는 것에 아무런 두려움을 느끼지 않고 거침없이 갖다 붙였다. 나는 왜 이리 못났지? 나는 왜 이렇게 불행해? 이런 질문들은 아마도 내면의 나를 만났다면 내가 나에게 결코 붙이지 못했을 말들이다. 이런 말이 나에게 어떤 결과를 가져다 줄 수 있는지 전혀 몰랐기 때문에 무지해서 아무렇게나 내가 나에게 던진 생각들이다.

역사상 위대한 성과를 낸 인물들은 모두 내면의 자아를 만난 이들이다. '나는 나의 세계를 창조하는 위대한 자, 곧 나는 신이다'라고 선언할 수 있는 사람이 되려면 내면의 나를 만나야 하고 내면의 나를 항상 의식하고 있어야 한다. 그렇다면 어떻게 내면의 나를 만날 수 있을까. 또 항상 내면의 나를 의식하려면 어떻게 해야 할까.

나의 경험을 통해 그 방법에 대한 실마리를 찾아보기 바란다. 내면의 자아를 만나기 직전, 그러니까 올해 초 나는 깊은 우울 속에 있었다. 내 경력에 대한 설명은 간략히 이 책의 맨 뒤에 있으니 참고해보면 알겠지만, 나는 초등교사직을 그만 뒀다가 약 5년 만에 임용고사를 다시 치르고 초등교사직으로 돌아왔다. 다시 돌아온 학교는 시골에 있는 작은 학교였고 학생수가 많지 않아서 그런지 아이들을 가르치고 관계를 맺는 것에서 오는 만족감이 꽤 높았다. 업무량이 많기는 했지만, 교사를 그만 두고 했었던 일에 비하면 일도 아니었기에 뭐든 열심히 아주 창의적이고 적극적으로 했었다. 돌아온 지 2년 되었을 때, 나는 학교에서 뭔가 내 역할을 해내고 싶었다. 학교에서 업무를 총괄하는 역할을 하는 교무부장이 되고 싶었다. 내 경력이면 못할 것도 없지 하는 생각으로 나는 교무부장을 하겠다고 의사를 밝혔으나, 교장 선생님의 입장에서는 아무리 경력이 있다고 해도 새로 들어온지 2년 밖에 안된 신규 교사에게 교무부장의 자리를 줄 수는 없다고 판단했기에 나를 만류했었다. 그러나 나는 내 뜻을 관철시켜서 결국 교무부장이 되었다. 과연 교무부장직은 아무나 하는 게 아니었다. 1년간 교무부장직을 수행하면서 몸도 마음도 다 지쳐 이제 그만하고 싶다는 생각을 하며 우울한 겨울방학을 보내고 있었다. 그날도 그랬다. 침대에 누워있는 것 말고 내가 할 수 있는 것은 없다고 믿으며 나는 누워있었다. 불행한 생각은 불행한 모든 생각과 기억을 몰고 함께 온다. 그 물결에 저항하지 않으면 서러움과 우울함의 괴물에 잡아먹히고 만다. 그날도 그런 날이었다. 학교에서 무언가 해내려고 했던 시도들이 제대로 인정받지 못했다는 생각은 별걸 다 서럽게 느끼도록 나를 몰고 갔다. 그 일과 전혀 관계없어 보이는 것들에 대해 서글픈 생각을 갖게 만들었다. 나는 나 자신의 모든 것에 절망하기로 마음이 이미 굳어져 있었다.

절망과 고통의 순간은 잠재력이 최고로 발현되는 순간이라는 통찰은 그날의 고통이 그만큼 컸기 때문에 생긴 것이라고 나는 아직도 확신한다. 나는 침대에 누워서 서러운 눈물을 하염없이 흘리고 있었다. 당시는 코로나 확진자 수 증가 감소에 온 국민의 촉각이 곤두서 있었던 상황이었고, 나는 코로나 치료약에 혹시 있을지 모르는 나노 로봇 걱정을 하며 유튜브 검색을 하고 있었다. 그러다가 어떤 알고리즘인지 모르겠으나 나는 조셉 베너의 책 '내 안의 나'를 읽어주는 유튜브 영상을 열게 되었고, 그것을 듣던 중 내 마음을 깊게 울리고 가는 한 문장을 듣게 되었다.

고요히 있으라, 그리고 내가 신임을 알라.

어떤 절대적인 존재가 나에게 하는 듯한 말들을 나는 경이로움 속에서 듣고 또 들었다. 조셉 베너 안에 있는 내면의 자아의 명령대로 이 문장을 몇 번이고 되뇌어보려고 했다. 내 몸의 모든 세포가 이 명령에 복종할 때까지 이 문장 하나를 가지고 명상하라고 하길래 흉내라도 내려고 위빠사나 명상, 가톨릭 향심기도 등 내가 아는 명상 방법들을 총동원하여 그 문장을 계속 계속 붙들고 있었다. 포스트 잇에 써서 침대 머리맡에 붙여도 보고 딸들에게 너희도 이 문장을 생각하라고 권하기도 하고 뭐 내가 할 수 있는 것은 다 했다. 그러다가 나는 코로나 확진자가 되어 자가격리 10여일에 들어가게 되었다. 통증도 잊은 채 나는 골방 기도를 할 수 있는 절호의 기회를 얻었다고 기뻐하며 깊은 침묵 속으로 들어갔다.

나는 당신이 거기 계신 것을 알고 있나이다.

모르겠다. 그것이 무엇이었는지. 그저 나는 알게 되었다. 내 안에 또 다른 내가 있다는 것을. 그리고 그동안 나는 그 존재를 거의 의식하지 않고 살고 있었다는 것을. 더군다나 그 힘의 신비로움과 위대함은 상상도 하지 않았었다는 것을.
나는 이렇게 말하고 싶다. 야너두. 당신도 할 수 있다. 내가 할 수 있었기 때문이다. 당신과 나는 본질적으로 같은 존재이기 때문이다. 고통스런 순간은 존재 변형이 오기 가장 좋은 때이다. 잠재력이 최고조로 발동되는 순간이다. 그러니 고통을 환영하는 태도를 견지하며, 이 문장을 기억하며 명상하는 습관을 들여보라. 명상 중에 내면에서 들리는 목소리가 있었다면 명상이 끝난 후 그것을 받아 적어보기를 권한다.

Happy Easter!

부활하신 주님, 찬미합니다.
쓸쓸한 제 침상을 위로하사
따뜻하고 포근한 이불 되어
오늘 아침
당신은 부활하셨습니다.
그러고 보니!
어젯밤 제 머리 고여주신
폭신한 베개로 이미 오셨던걸
이제야 알았습니다.

(2022. 부활 아침. 然在)

2강   메타 인지
생각하는 나를 생각하는 존재의 확실성

내 머리 속을 지나가는 무수한 생각들 중 어떤 것이 내면의 자아가 나에게 보내는 생각일까. 그것은 바로 내면의 나를 의식하고 하는 생각이다. 이것은 내면의 자아가 나에게 보내는 생각이구나 하고 확실한 존재를 의식하면서 하는 생각. 그렇게 하는 생각은 위대한 자아의 확실성 속에서 나온 생각이고 그런 생각에 집중할 때 우리는 비로소 내면의 자아가 원하는 이데아를 형상화시킬 수 있다. 하늘나라가 이 땅에 오는 것이다. 의식은 반드시 물질이 되어 나타난다. 그것이 창조의 법칙이다. 내면의 위대한 자아가 보낸 생각을 반복하여 의식으로 떠올릴 수 있다면, 또 내가 하는 생각을 내면의 위대한 자아가 오케이 하고 승인할 수 있다면, 당신이 떠올린 것이 무엇이든 그것은 곧 당신 눈앞에 현실로 드러날 것이다.

책임감(responsibility)이란 반응(response)할 수 있는 능력

(ability)이다. 자극에 반응하는 능력을 제대로 갖추려면 내면의 나를 의식하고 반응해야 한다. 눈앞의 감각 세계를 보고 어떤 반응을 보일지 책임감 있게 결정하라. 분노하고 짜증낼 것인지, 침착하고 고요하게 바라볼 것인지, 믿음으로 기뻐하며 감사할 것인지. 시간차를 두고 다가오는 것들을 어떤 감정의 것들로 불러들일 것인지 선택하라. 내 감정을 내가 선택할 수 없다고 믿고 있는 사람들을 위해 선택이론, 그리고 어포메이션 기법이라는 위대한 생각들을 소개해주고 싶다. 여기서는 간단히 감정을 선택할 수 있는지에 대해 이야기하겠다. 우리는 우리의 감정을 선택할 수 있을까? 한마디로 당연히 그렇다. 활동하기와 생각하기를 선택할 수 있기 때문에 느끼기와 신체 반응하기까지 선택이 가능하다는 선택이론의 주창자 윌리엄 글라써의 말을 곱씹어보고 한번 시도해보기를 권한다. 우리는 행동을 선택할 수 있다. 오직 나만의 행동을 선택할 수 있다. 그런데 행동은 4가지의 요소가 함께 작동하는 복합적인 것이라서 그는 이런 복합적인 행동의 의미를 부각시키기 위해 전행동(total behavior)이라고 이름 붙였다. 전행동(total behavior)의 4가지 요소는 활동하기(acting behavior), 생각하기(thinking), 느끼기(feeling), 신체반응하기(physiology)인데 이 중에서 활동하기와 생각하기를 바꾸면 느끼기와 신체반응하기는 저절로 따라온다는 것이 그의 생각이다. 나는 이 선택이론을 전문가 과정(certification)까지 이수했고 약 15년간 내 삶에 적용하여 살아왔으니 선택이론 전문가라고 할 수 있다. 선택이론 전문가의 입장에서 말해보건데 이 말은 정말 맞는 말이고 나도 참 많은 도움을 받

았다. 그러나 최근 나는 이 생각에서 더 나아가 감정과 신체 반응도 적극적으로 선택할 수는 없을까 질문해보았다. 물론 생각하기를 통해서 말이다. 어떤 생각을 하면 감정과 신체 반응이 드라마틱하게 바뀔까? 나는 그게 궁금했다. 나는 매일 우리 반 아이들과 긍정 실험을 한다. 매일 긍정의 감정 카드를 하나씩 뽑는다. 예를 들면, '기쁘다'라는 감정 카드를 뽑으면서 이런 질문을 쓴다. '나는 왜 기쁠까?' 이런 긍정의 질문을 던지며 하루를 살 때와 나는 '나는 왜 이렇게 힘들지?'라는 부정적인 질문을 던지며 살 때 언제 더 행복할 가능성이 클까. 두 번째의 경우는 군이 애써 실험하지 않더라도 수시로 밀고 들어오는 부정적인 생각이다. 나는 긍정적인 것의 실험은 부작용이 없다고 믿기 때문에 '나는 왜 기쁠까?', '나는 왜 감사할 일이 이렇게 많지?' 하는 질문들을 마구마구 던지고 있다. 나는 아이들이 친구와 싸우고 난 뒤, 공감의 말을 주고받은 뒤에 '나는 왜 친구와 즐겁게 잘 지내지?' 하고 스스로 질문 던질 수 있었으면 좋겠다.

　당신도 그랬으면 좋겠다. 하나도 기쁘고 감사할 것이 없는 상황에 놓인 자기 자신에게 마음 속으로 진심을 담아서 질문해보자. '나는 왜 이렇게 기쁘지?', '나는 왜 이렇게 감사하지?' 그러면 우리의 뇌는 기쁘다고? 감사하다고? 하면서 질문에 대한 답을 찾기 시작한다. 지금 현재는 아니지만 내가 바라는 미래의 상태를 마치 지금 그런 것처럼 질문을 던지면서 우리 뇌를 혼란시킨다는 이 혁명적인 질문기법은 노아 세인트 존이라고 하는 사람이 만든 어포메이션 기법이다. 어포메이션 기법은 책으로도 나와 있고 그것을 적용한 많은 유튜버들이 영상을 만들어서 보급하고 있는 것으로 알고 있으니 궁금하신 분들은 찾아보고 한번 시도해보기 바란다. 그런 게 있다는 것을 알고 있는 것은 실제로 내가 시도해보기 전까지는 아무 의미가 없다는 것을 기억하기 바란다. 나는 나대로 당신을 위해 내가 할 수 있는 최선의 것을 하겠다. '왜 이 책을 읽는 당신은 어포메이션을 잘 배워서 삶에 잘 적용하며 행복하게 잘 살지?'

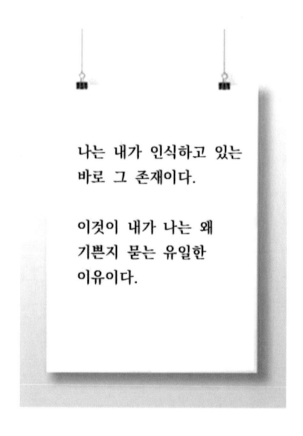

나는 내가 인식하고 있는
바로 그 존재이다.

이것이 내가 나는 왜
기쁜지 묻는 유일한
이유이다.

3강   진화의 방향
기억의 저장소, 전두엽을 혁명시키라

어포메이션 기법의 핵심 원리를 간단히 말하면 뇌를 속이라는 것
이다. 뇌를 속이라는 말에 나는 아주 많이 전적으로 동의한다. 나
의 뇌가 기억하고 있는 것, 굳게 믿고 있는 것, 만약 그것이 나에
게 부정적인 감정을 일으키는 것이라면 굳이 그것을 기억하고 또
기억하며 곱씹을 필요가 있을까. 나는 부정적인 기억을 내가 원하
는 것으로 바꾸어 상상해보는 습관을 가지려고 노력했다. 이것은
네빌 고다드라는 위대한 스승이 전수해 준 교정적 기법이라는 것
인데, 하루를 보내고 난 뒤 나에게 일어났던 부정적인 경험을 내가
원하는 상황으로 바꾸어 재구성해보는 것이다. 오늘 내가 들었던
말들과 내가 경험했던 사건들을 내가 원하는 바로 그것으로 바꾸
어 보는 것이다. 내 상상 속에서 말이다. 그리고 그런 상태로 잠드
는 것이다. 잠을 자면서 나의 잠재의식은 무엇을 깊은 기억 속으로

받아들일까. 이제부터 내가 상상 속에서 바꿔버린 긍정적인 기억을 편의상 미래 기억이라고 말하겠다. 나는 아무리 삶이 나를 속여서 슬프고 노엽고 고단하더라도 '음, 오늘은 참 좋은 하루였어. 정말 멋졌어.' 하고 잠들기를 바란다. 부정적인 과거 기억으로 가득 찬 나의 전두엽이 긍정적인 미래 기억으로 완전히 뒤바뀌게 될 때, 나는 잠재의식의 어떤 저항도 받지 않고 내가 원하는 미래를 창조할 수 있다고 믿기 때문이다.

지금 나는 미래의 당신을 기억하고 있다. 내가 저장해두었다. 별 하나에 이름 하나 불렀던 윤동주 시인처럼 나는 불러야 할 이름들이 하도 많으니 그냥 당신이라고 하겠다. 과거, 현재, 미래에 내가 만났고, 만나며, 만나게 될 이름의 당신. 당신을 위해 내가 할 수 있는 가장 최선의 행동은 가장 좋은 당신을 상상하고 당신을 위해 좋은 어포메이션을 해주는 것이라 믿으며 나는 당신을 내 미래 기억 속에 저장한다. 미래의 당신은 아주 잘하고 있다. '왜 나는 나의 부정적인 과거 기억을 긍정적인 미래 기억으로 아주 잘 바꿀까?' 어포메이션 질문을 잘 이용하면서 말이다.

의식의 힘으로 우리가 우리 자신의 기억을 통제할 수 있는 것. 이것이야말로 우리 인류가 나아가야 할 진화의 방향이다. 당신은 당신의 뇌를 무엇으로 채울 것인가. 바꿀 수 있다면 어떤 기억을 없애고 어떤 기억으로 대체할 것인가. 당신이 원하는 대로 뇌를 속이라. 원하는 것으로 질문하라. 이것이 핵심이다.

4강 무의식
상상, 무한한 보고

진심으로 원하는 것을 질문으로 바꾸어 긍정적인 정서와 함께 반복적으로 의식에 떠올리다 보면 자연스럽게 원하는 상황이 그림처럼 그려지는 순간이 반드시 올 것이다. 여기서 중요한 것은 긍정적인 정서이다.

'왜 나는 살을 잘 빼지?' 올해 여름에 나는 이 어포메이션으로 다이어트에 성공했다. 거울이나 저울은 멀리 치우고 나는 그냥 웃기게, 재밌게 이 질문을 툭툭 던졌다. 그러다 보니 어느새 꼼짝하기 싫어하던 내가 저녁을 먹은 뒤 산책을 하러 밖으로 나가기 시작했다. 처음에는 30분 걷던 것이 1시간으로 늘더니 나중엔 2시간을 걷는 게 당연한 일상으로 자리 잡혔다. 여름 방학 동안 무슨 결심을 단단히 하고 식단을 조절하면서 필사적으로 한 게 아니라, 그냥 재밌게 '왜 나는 이렇게 날씬해?' '왜 살 빼는 게 이렇게 쉬워?'하면서 걸어다녔다. 그리고 피팅 모델이 옷 입은 것을 보고 나도 옷의 핏이 살아나는 즐거운 상상을 하면서 '왜 나는 내가 세련된 스타일인 게 자랑스러워?' 이런 질문도 하나 추가했다.

내가 기대한 것과 다른 것을 보는 것, 어쩌면 그런 상황은 매 순간 우리 앞에 펼쳐질지 모른다. 그런 상황을 보고 불쾌해하기, 화내기, 좌절하기 같은 부정적인 감정을 선택했던 과거와 달라진 것이 있다면, 나의 기대와 다르게 펼쳐지는 감각 세계에 즉각적인 반응을 하는 대신, 감사합니다! 외치면서 원하는 것으로 빨리 바꾸어서 상상해보려고 노력한다는 것이다. 매 순간 내가 일으키는 반응, 감정적 반응이 중요하다는 것을 알기 때문이다. '감사합니다.'라는 말이 잘 나오지 않아서 아예 '원하는 상황을 주셔서 감사합니다'라고 쓴 다음 녹음을 해서 수시로 들었던 적도 있다. 어떠한 처지에서든지 감사하라는 말씀을 기억하면서 했던 이런 작업이 나의 잠재의식, 즉 무의식을 서서히 바꾸게 될 것이라고 생각하면서 말이다. 잠재의식을 바꾸기 위해 수많은 방법을 실험해 보았는데 원하는 것으로 질문하는 어포메이션 기법과 원하는 것을 받아서 기쁘고 감사하다고 말하는 확언 기법, 이 두 가지를 당신에게 권해주고 싶다.

우리가 즐겁고 생생하게 상상할 수 있다면 그것이 무엇이든 그것은 반드시 물질이 되어 감각 세계에서 볼 수 있게 된다. 이것은 창조의 법칙이다. 네빌고다드, 조셉 베너와 같은 스승들은 창조의 법칙을 그들의 방식대로 설명해주었다. 나는 이것을 온전히 이해하기 위해 내가 속한 우주 공동체를 상상해본다. 자신의 내면과 소통할 수 있는 사람은 우주와 소통할 수 있는 사람이다. 창조는 나

혼자 하는 것이 아니다. 우리 내면에 있는 위대한 자아는 나와 당신 자신을 포함한 우주 전체의 정신이며 이것은 모두 본질적으로 하나이고 우리는 모두 하나로 연결되어 있다. 우리는 우주 그 자체이기 때문에 결국 우리 내면 속에 있는 존재의 상상은 우주 전체가 공유한다. 우리 내면의 존재가 명령을 하면 우주 전체가 듣고 그 명령에 복종할 수 밖에 없다. 우주라는 거대한 정신은 포도나무, 우리 모두는 그에 속한 가지이기 때문이다. 우리는 우주라는 거대 구조에 속한 그것과 본질상으로 같은 세포이다. 우리는 지금도 우주라는 프렉탈 구조 속에서 무한히 반복되는 아름다운 무늬를 만들어내고 있다. 나와 당신이 지금 하고 있는 바로 그 상상을 통해.

하늘로 타오르는 둥근 산

하늘을 그리워한 땅은 언덕이 됩니다.

(2022. 3. 18. 운동장 저편 계룡산. 然在)

5강 통제된 꿈
상상에 질서 부여하기

우리의 인생에서 드라마틱한 변화가 일어나는 순간은 사실 우리의 꿈속이다. 내면의 자아(I AM)가 활동하는 시간이 우리의 꿈이기 때문이다. 깨어있는 동안에는 우리가 일하지만, 꿈속에서는 내면의 자아(I AM)가 일한다. 만약 내면의 자아(I AM)가 일하는 꿈을 통제할 수 있다면, 우리는 모든 것을 다 얻을 것이다. 무의식, 잠재의식이라고 하는 꿈을 통제하는 것이 과연 가능할까? 만약 가능하다면 그것은 어떻게 가능할까. 우선 일상을 기쁨과 감사 속에서 살아야겠다. 그러나 그것보다 더 중요한 것은 기쁘고 감사한 마음을 품고 잠드는 것이다. 이것이 핵심이다.

그러나 우리가 어떻게 매일 매 순간을 기쁘고 감사한 마음으로 살 수 있는가. 눈 앞에 펼쳐지는 감각 세계는 우리가 원하는 대로 펼쳐지지 않기에 우리를 불쾌한 감정으로 이끌기 마련 아닌가. 다행스러운 것은 우리가 기쁘고 감사한 하루를 보내는 것보다 더 중요한 것이 잠들기 전에 기쁘고 감사한 상상을 하는 것이라는 사실이다. 잠들기 전에 우리가 해야 할 유일한 일은 우리가 어떤 일들로 하루를 보냈든지 기억 속에서 다 바꾸는 것이다. 네빌고다드가 우리에게 권했던 교정적 기법을 사용하여 오늘 하루 있었던 모든 일들을 다 좋았고 다 만족스러웠던 것으로 바꾸어 우리의 기억 속으로 들어가게 하자. 오늘 당신 마음에 들지 않는 사람이 혹시 있었다면 그 사람이 당신에게 했다면 좋았을 행동으로 바꿔서 당신의 경험을 재구성하라. 이렇게 당신의 하루와 화해하고 난 다음에는 기도하라. 당신이 받기를 원하는 것 바로 그것을 주셔서 감사합니다. 감사합니다. 이렇게 감사 기도를 드리라. 누구를 향하여? 바로 당신 마음 속에 있는 내면의 자아(I AM)을 향하여. 그리고 아주 만족스런 감정 상태에서 감사하는 마음으로 잠들라. 두려움 없이 편안한 마음 상태로 잠들라. 당신 안에 있는 위대한 자아가 당신의 꿈속에서 만들어내는 것. 그것은 머지않아 당신의 눈앞에 실체로 드러난다. 유일한 실재인 당신의 무의식에 상상의 질서를 부여하고 난 뒤 평안한 안식에 들라.

6강   원하는 대로
삶을 디자인하라.

'내가 원하는 삶을 살 수 있을까?' 이런 질문에 '원하는 삶을 어떻게 사니? 그게 가능하니? 가능한 꿈을 꾸어야 해.'라는 답이 자동으로 들려올 때가 있다. 나는 마치 야곱처럼 내 안의 천사와 싸운다.

추론적 계산을 뛰어넘는 시적 상상력,
그것은 시작이고 끝이다.
나는 내가 원하는 삶을 사는 것을 허용한다.

'이 결론에 도달하는 것이 무척이나 힘들었다. 눈앞에 보이는 삶의 조건들을 싹 무시하고 내가 원하는 것 자체에 집중하는 것이 힘들었다. 감각 세계의 추론적 계산 앞에서 매번 내가 원하는 것들은 점점 더 작게 수정되어야 했다. 나는 그것이 괴롭다.'

내 안의 천사가 나에게 힘들고 괴로운 감정을 부추긴다. 나는 굴복하지 않고 다시 쓰기로 한다.

'이 결론에 도달하는 것은 무척이나 쉽다. 눈앞에 보이는 삶의 조건들을 싹 무시하고 내가 원하는 것 자체에 집중하는 것은 아주 당연한 일이다. 감각 세계의 추론적 계산과 상관없이 매번 내가 원하는 것들은 점점 더 크게 수정되어야 했다. 나는 그것이 감사하다.'

내 안에서 빛나는 이 별빛

언젠가 네가 보낸 그 별빛

나는 감각 세계가 보여주는 것들을 볼 때, 밤하늘의 별을 떠올린다. 몇 광년 떨어진 어떤 존재가 보낸 별빛을 지금 내가 보고 있듯이 지금 내 눈앞에 보이는 것들은 과거 나의 내면이 만들어낸 믿음의 반영일 뿐이라는 진리에 내 의식을 고정시킨다. 나의 의식은 점점 더 좋은 것들로 채워지고 있으니 곧 내 눈앞에 보이는 것들로 반영될 것이다. 이것이 법칙이므로 나는 이것을 반드시 내 삶으로 증명해 보일 것이다. 왜? 왜 나는 이 법칙을 내 삶으로 증명하는가? 나 자신과 당신 자신을 위해서다. 나는 이 법칙을 삶으로 증명하라는 내 안의 나 자신(I AM)의 명령에 순종할 뿐이다.
　당신과 나는 이미 이루었다. 보시니 좋았더라는 말씀을 나도 당신도 곧 하게 될 것이다. 원하는 것이 무엇이든 말하는 대로 생각하는대로 이미 얻었음을 믿게 된다면 이제 다 얻은 것이다. 믿음은 의지가 아니라 상상의 영역이다. 애쓴다고 될 일이 아니다. 무의식의 저항을 뚫고 부정적인 잠재의식을 모두 걷어내야만 자연스럽게 저절로 믿어져서 그림이 스스로 그려질 것이다. 나는 내가 원하는 삶을 살 수 있다는 것에 대한 내면의 자아(I AM)의 승인과 동의를 얻어내기 위해 참 많은 시도를 해보았다. 아래에 나오는 상상의 대화도 그 중 하나다. 나는 내면의 자아(I AM)와 의논하는 방법을 찾아 대화체로 대본을 만들어보았고 눈을 감고 이 상상의 대화를 마음속으로 몇 번이고 반복해 보았다.

나   무엇을 보았나요?

I AM   네가 행복하게 길을 걷는 것을 보았어.

나   그래요? 그것은 어땠나요? 자세히 말해주세요.

I AM   너는 아주 잘 차려입고 있었고, 무언가 좋은 일이 있는 듯 웃고 있었어. 발걸음은 경쾌했고, 혈색은 아주 좋았어. 너는 너의 나이보다 15년은 젊어 보였어. (최근에는 20년으로 수정했다.)

나   그렇군요. 감사해요. 그것을 보면서 무슨 생각이나 상상을 했나요?

I AM   네가 원하던 바로 그것을 갖게 된 상상을 했어.

            (구체적으로 기술해야 하지만 여기서는 생략)

나   정말 감사해요. **좋은 질문이 생각났나요?**

I AM   너는 왜 이렇게 행복하고 감사할까?

얼마 전 학교에서 맡았던 업무를 2년간 함께 하며 우정을 나누어 온 학부모회 대표와 이런저런 대화를 나누다가 내면의 자아(I AM)에 대한 이야기를 그에게 들려주었다. 나는 눈을 감고 내면의 자아(I AM)가 나에게 무슨 소리를 하는지 함께, 각자 들어보자고 제안했다. 우리는 눈을 감고 잠깐 침묵의 시간을 가졌다. 그때 나는 이런 소리를 들었다.

    너는 참 귀하고 소중해.
    누구보다 나는 너를 사랑해.
    네가 원했던 삶으로
    너는 아주 쉽게 들어가고 있어.
    나는 너를 항상 응원해.
    나는 너를 정말 사랑해.

이런 말들이 그냥 막 쏟아져나왔다. 다행이다. 나는 이 소리를 늘 의식에 떠올리려고 한다. 어두운 밤 홀로 길을 걸어가도 내가 외롭지 않은 이유는 바로 나 자신(I AM)의 목소리를 늘 듣기 때문이다. 내가 기쁜 이유는 이제는 내 친구라고 말할 수 있는 학부모 대표도 이 소리를 듣기 시작했기 때문이다. 이제 당신 차례이다. 머지않아 당신도 듣게 될 것이라고, 그것이 이 글을 읽는 당신의 정해진 운명이라고 나는 굳게 믿고 있다.

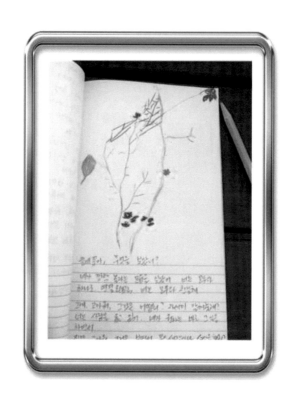

찔레꽃아, 무엇을 보았니?

찔레꽃아, 무엇을 보았니?
네가 깜짝 놀라는 모습을 보았어.
너는 모두와 하나로 연결되었어. 너는 모두와 친밀해.
그래, 고마워. 그것은 어땠니? 자세히 말해줄래?
너는 사람을 돕고 있어. 네가 원하는 그것을 하면서.

(2022. 11. 3. 꽃밭에서. 然在)

부록   내면 여행을

　　　함께 했던 배움의 도구

1   선택이론에서 배우기

나는 오직 나의 행동만을 선택할 수 있다는 기본 가정에서 출발한 선택이론을 배우면서 나는 내가 어떤 행동을 왜 선택하고 있는지 알 수 있었다. 특히 우울하기를 반복적으로 선택해왔던 나에게 우울하기를 선택한다는 것이 다른 사람을 통제하기 위한 목적에서 나온 행동일 수 있다는 설명은 내가 진정으로 행복해지기 위해 다른 사람을 통제하는 것 말고 더 좋은 행동을 선택할 수 있다는 것을 알게 해주었다. 나는 더이상 우울하기를 반복적으로 선택하지는 않고 있다. 알코올이나 약물 등 부정적인 중독에 대한 통찰력 있는 그의 설명도 주목해볼 만하다. 특히 나의 정서적인 건강에 대해 정신과 의사의 정확한 진단과 약 처방에 의존하는 것보다 좋은 행동을 선택함으로써 정서적으로 건강해질 수 있다는 것에 대한 믿음을 갖게 된 것은 두고두고 감사한 일이다. 우리는 우리의 활동, 생각을 통해 감정과 신체 반응을 선택할 수 있다. 가령 산책을 하면서(활동하기) 나는 얼마나 건강한지 생각한다면(생각하기) 편안하고 상쾌한 마음(느끼기)과 가뿐해진 몸(신체 반응하기)을 느낄 수 있을 것이다. 침대에 종일 누워서(활동하기) 나는 얼마나 우울한지 생각하는 것(생각하기)이 가져올 감정과 신체 반응을 예측할 수 있다면 무엇이 최선인지 누구보다 당신이 더 잘 알 것이다. 나는 당신이 윌리엄 글라써 박사의 선택이론을 통해서 전행동(total behavior)의 개념을 이해하고 그 구성 요소(활동하기, 생각하기, 느끼기, 신체 반응하기)를 자유자재로 선택할 수 있는 가능성을 알아보고 당신의 생활에 적용해보기 바란다.

  선택이론에서는 우리가 행동하는 이유, 행동의 동기를 욕구에서 비롯된다고 설명한다. 우리가 지금 하고 있는 모든 행동은 우리가 우리의 욕구를 충족할 수 있다고 믿고 있는 행동 중에서 선택할 수 있는 최선의 행동이라는 것이다. 최선의 행동이라는 말에 주목한다면 '과연 이 행동이 최선일까?' 스스로에게 질문할 수 있다. 욕구 충족을 위한 최선의 행동을 선택한 것이라면 우리는 지금 충족된 욕구 덕분에 만족스러운 감정을 느낄 것이고 더 나아가 행복해야 한다. 그러나 만약 현재의 감정 상태가 행복하기는커녕 만족스럽지도 않다는 대답을 자기 자신에게 정직하게 할 수 있다면 자신의 욕구를 충족하기 위한 최선의 다른 행동을 찾을 수 있을 것이다. 정직한 것, 특히 스스로에게 정직한 것이 핵심이다. 괜찮지 않다고 인정할 수 있는 것도 용기가 필요하다. 지금 괜찮지 않은 것은 내가 그동안 줄곧 선택해왔던 행동들의 결과라는 것을 겸허히 받아들이고 다른 좋은 선택을 하면 된다.

2 비폭력대화 넘어서기

    비폭력대화는 존재들의 평화로운 연결에 대해 가르친다. 부정적인 감정의 이유를 결핍된 욕구에서 찾고 공감의 언어로 되돌려주면서 존재들과 평화롭게 연결될 수 있다는 믿음은 훌륭하다. 그러나 나는 욕구의 결핍에 초점을 둔 대화의 한계를 느꼈다. 작년에 비폭력대화를 꾸준히 연습했던 우리 반 어떤 아이는 '저는 피곤해요, 휴식이 필요하니까요.'라는 말을 거의 매일 했다. 어느 날 문득 나는 '너는 피곤하구나. 휴식이 필요하기 때문이지?' 이런 대화가 무한히 반복되고 있다는 것을 느꼈고, 좋은 감정을 고양하기 위해서는 다른 방법이 필요하지 않을까 생각하게 되었다. 피곤하다는 현재 상태를 알아주고 공감해주는 것을 넘어서는 것, 더 좋은 감정 상태, 예를 들어 개운하다, 가뿐하다, 활기차다는 감정에 다다를 수 있도록 동기 부여하는 것은 어떻게 가능할까? 나는 그것이 궁금했다. 이것이 내가 이제 더 이상 비폭력대화, 공감의 대화 방식에 머무르지 않는 이유이다.

 나는 감정 어포메이션을 매일 아이들과 함께 한다. 매일 아침에 등교하면 아이들과 나는 오늘 나에게 필요한 마음은 무엇일까 생각하며 긍정의 감정과 욕구 카드를 뽑는다. 그리고 어포메이션 질문을 서로 주고 받는다.

가을이   선생님, 오늘 저는 왜 가슴이 뭉클할까요?

나   그러게, 오늘 왜 우리 가을이는 가슴이 뭉클할까?
           가을아, 오늘 선생님은 왜 용기가 날까?

가을이   그러게요, 오늘 왜 선생님은 용기가 날까요?

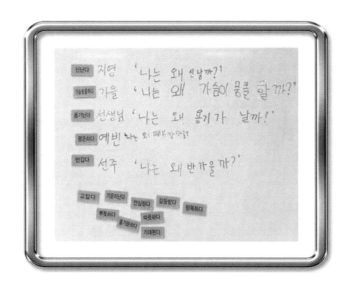

하루를 시작하고 하루를 마치면서 이런 식의 대화를 반복적으로 나누다 보니 확실하게 알게 된 것이 있다. 우리는 항상 기쁘고 감사한 마음으로 시작하고 끝을 맺는다. 물론 한 공간에서 부대끼며 살다 보니 중간중간 화도 나도 서운하기도 하다. 그러나 우리는 다시 좋은 마음으로 서로를 용서해주고 이해해준다. 1년 동안 나와 함께 긍정 실험을 했던 우리 반 아이들은 공감의 대화 후에 감정 어포메이션, 그리고 좋은 상상을 함께 한다. 가령 친구 사이에 속상한 일이 있을 경우, "속상했어?"라고 공감의 말을 해주면서 마음속으로 "OO이는 왜 다시 기분이 좋아질까?", "우리는 왜 다시 사이가 좋아질까?" 같은 식으로 생각해보도록 안내해준다. 공감을 받은 친구도 "응, 속상했어. 하지만 이제는 너가 안 그럴 거라고 나는 믿어. 너는 좋은 친구야."라고 꼭 말하도록 한다. 긍정 실험을 통해 확실해진 또 한 가지, 우리는 서로 사랑하고 아껴준다.

3 버츄 프로젝트(Virtue Project)에서 배우기

버츄 프로젝트는 우리 안에 52가지 미덕의 원석이 존재한다는 가정에서 시작한다. 버츄 카드에는 각각의 버츄(미덕)의 의미, 긍정 확언, 그리고 버츄(미덕)를 기르기 위한 조언 등이 잘 정리되어있다. 오늘 나에게 필요한 미덕은 무엇일까 생각하면서 버츄 카드를 뽑는 행위는 나를 고귀한 것을 추구하는 자긍심 넘치는 존재로 만들어준다. 버츄 카드 한 개를 뽑아서 읽고 마음에 새기며 하루를 준비하거나 하루를 성찰하는 시간을 당신에게도 추천해주고 싶다.

한창 글을 쓰고 책을 편집하는 것에 몰두해있던 어느 날, 내가 뽑았던 버츄 카드는 '청결'이었다. 나는 순간적으로 정돈되지 못한 나의 방과 주방, 거실 등이 떠올라서 부끄러워졌으나, 곧 나는 내 안에 있는 '청결'이라는 좋은 마음에 집중하면서 버츄 카드를 읽었다. 이런 마음이 당연히 내 안에 있다고 믿으면서 나는 정돈된 방과 정돈된 주방, 정돈된 거실을 상상했다. 그리고 곧 그렇게 될 거라고 믿었다. 이런 마음을 먹은 다음 달라진 점은 나의 방, 주방, 거실이 정돈되었다는 것과 이런 정돈을 조금 가벼운 마음으로 하고 있는 나 자신이다. 버츄 카드를 뽑으면서 해야 하는 유일한 생각은 좋은 마음(버츄, 미덕)이 내 안에 있다는 생각이고, 하지 말아야 할 유일한 생각은 '나는 이런 게 좀 부족해' 같은 자신 비난이다.

버츄 프로젝트는 우리의 작은 행동에서 미덕을 발견하고 격려하는 긍정의 대화 도구로 활용하기에도 너무 좋다. 작년에 교무부장을 하면서 공들였던 것이 온마을 아카데미를 기획한 것이었다. 마을 주민, 교사, 학부모가 격의 없이 만나 함께 배우고 소통하는 평생교육 강좌를 만들어보고 싶어서 마을 도서관에서 봉사하시는 여러 선생님들과 의기투합하여 비폭력대화 강좌를 열었다. 격주로 토요일마다 마을 도서관에서 만나 비폭력대화 기초 강의를 듣고 강의가 끝난 후에도 도서관에 남아서 대화를 나누고 비폭력대화 연습을 하며 열정적으로 운영했더니 강좌가 끝난 후에 마을에 비폭력대화 연습 모임까지 만들어졌었다. 올해는 교무부장도 아닌데 뭘 열심히 하나 했다가 그래도 아쉬운 마음에 버츄 프로젝트 강좌를 열었다. 작년에 열었던 강좌에도 꾸준히 왔었고, 올해도 주변 친구들 둘이나 데리고 함께 오고 있는 옆 마을의 열정 가득한 친구가 오늘 나에게 미덕 선물을 하나 주었다.

"이상품기 미덕을 선생님께 드리고 싶어요."

누가 칭찬해주면 "아니에요. 뭘요." 하면서 칭찬해준 사람이 되려 머쓱해지게 아니라고 하는 경우가 많았다. 내면의 나 자신을 만난 이후로 나는 칭찬에 대해 "아니에요."라는 말은 안 하려고 노력한다. 내면의 나 자신이 완전하고 온전한 존재이기에 나 또한 그런 존재라고 믿고 있기 때문이다. 우리, 서로에게서 발견한 미덕을 선물해주자. 누구보다 자기 자신에게 미덕을 선물해주자. 잘 안 보여도 보인다고 믿으면서 말이다. 믿음은 바라는 것의 실상이고 보이지 않는 것의 증거라고 하지 않는가. 오늘은 자긍심 넘치는 긍지의 날이다.

> "나는 마을 사람들에게 좋은 강좌를 만들어주었어. 그런
> 걸 즐겨 하는 걸 보면 나는 이상품기의 미덕이 가득한 사
> 람인 듯해. 그래, 나는 늘 이상을 품고 살아."

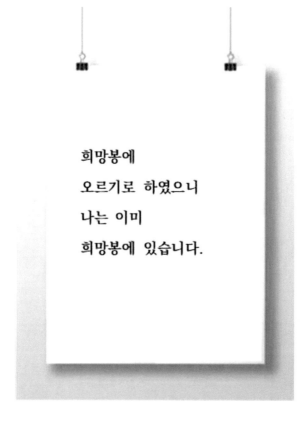

희망봉에
오르기로 하였으니
나는 이미
희망봉에 있습니다.

4 주역에서 배우기

파스타를 만들어 파는 자영업자의 삶을 접고 다시 가르치는 사람으로 돌아갔던 2018년 가을, 나는 세종시의 어느 초등학교에서 기간제 교사로 일하고 있었다. 주역은 그 학교 도서관에서 우연히 주역 입문서를 통해 내 손에 들어왔고, 주역을 오랫동안 연구한 어떤 분의 또 다른 책을 탐독하면서 나는 주역을 삶 속에서 내 것으로 사용할 수 있게 되었다. 나는 감각 세계에서 펼쳐지는 갖가지 현상들을 주역의 괘로 읽고 그 변화를 예측해보는 즐거운 습관을 갖고 있다. 가끔 주역의 괘를 뽑아 보기도 한다. 오늘은 어떤 괘가 나를 말해줄까 생각하면서 말이다. 주역은 삼라만상의 변화를 관조하는 학문이다.

나는 음과 양의 조합으로 이루어진 64괘를 나의 내면과 그것이 반영된 감각 세계를 관조하고 긍정적인 변화를 이끌기 위해 마음을 다스리는 도구로 잘 이용하고 있다. 기회가 된다면 주역의 괘로 당신을 읽어주고 싶다.

주역의 64괘 중 내가 가장 좋아하는 괘는 지뢰복괘地雷復卦(䷗)이다. 지뢰복괘地雷復卦(䷗)는 곤위지괘坤爲地卦(䷁) 다음에 변화를 기대해볼 수 있는 아주 좋은 괘이다. 6개의 효가 모두 음으로 이루어진 음기 가득한 땅. 빛이 없는 땅(䷁). 그러나 그것 또한 영원하지 않다. 반드시 변화한다. 맨 아래 음이 양으로 바뀌는 그 자연스런 흐름(䷗). 그래서 어둠은 더 이상 두렵지 않은 것이다.

지뢰복괘地雷復卦(䷗)는 1년 중 밤이 가장 긴 동지의 괘이기도 하다. 왜일까? 왜 밤이 가장 긴 동지가 회복, 부활의 아이콘일 수 있을까? 밤이 가장 긴 오늘은 내일부터 낮이 더 길어지기 시작한다는 말과 같기 때문 아닐까? 얼어붙은 땅에 빛이 들어오기 시작하는 역전의 순간, 변화의 순간, 그리하여 양의 기운이 아래에서 쭉쭉 밀고 올라오는 부활의 희망, 어찌 좋아하지 않을 수 있을까. 어찌 감사하지 않을 수 있을까. 당신! 온통 꽁꽁 얼어붙은 어두컴컴한 감각 세계 속에서 절망하고 있는 당신 말이다. 빨리 감사하다고 스스로에게 말하라. 나 자신(I Am)이 듣고 있다. 마음으로 말하라. 진심으로 감사하다고.

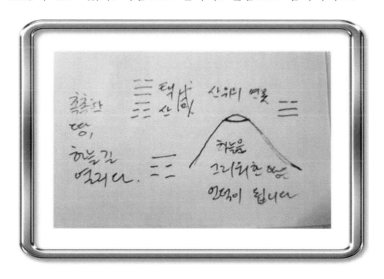

이 그림은 내가 가장 사랑하는 괘, 사랑에 관한 괘, 택산함괘澤山咸卦(䷞)를 생각하며 그린 것이다. 무엇이든 기쁘게 담으려는 땅이 연못(☱)이 되어 아래로 아래로 내려간다. 하늘을 그리워한 땅은 불룩하게 올라와 산(☶)이 되었다. 이 둘이 결합하여 내면에 광대무변한 하늘(☰)을 낳았다. 굳센 믿음(☶)으로 기쁘게 온전히 받아들이는(☱) 마음, 그것이 사랑(䷞)이다.

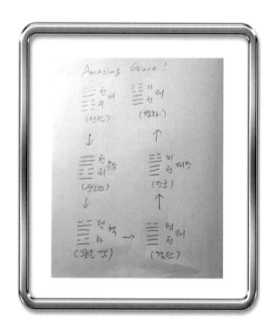

온리 스카이

왜 단절은 평화를 향해 가는가

왜 진실함은 그 첫걸음인가

왜 그릇은 깨야 하는가

왜 혁명은 고독한 자의 것인가

왜 하늘을 품은 자는 지치지 않는가

왜 하늘을 품고 고요히 기다리는가

(2022. 5. 19. 然在)

5 명상 : OVER THE RAINBOW

이 모든 배움의 기술 너머에 있는 것은 당신 자신이 위대한 자아
(I AM)가 되는 것이다. 당신 안에 있는 거룩하고 위대한 자아(I
AM)와 하나가 될 때, 위대한 자아(I AM)와 자유로이 대화할 수
있을 때, 우리는 위대한 자아(I AM)가 항상 나와 함께 한다는 신
비로운 현존 속에서 영원한 행복을 누릴 것이다.

눈을 감으라. 나는 당신이 거기에 있음을 압니다. 늘 나를 지켜
보고 계시지요. 당신과 대화하기 위해 나는 눈을 감습니다. 자, 나
에게 들려주세요. 나는 어떤 존재인가요. 그가 뭐라고 할까? 너는
정말 나쁜 사람이야, 너처럼 나쁜 사람은 처음 봤어. 네가 할 수
있는 게 뭐가 있겠니? 할까? 그렇다면 질문하라. 나는 왜 소중할
까? 나는 왜 기쁠까? 나는 왜 모든 것을 다 할 수 있을까? 그래,
그래, 너는 정말 소중하구나, 너는 정말 기쁘구나, 너는 모든 것을
다 할 수 있구나, 하는 나(I AM)의 승인이 떨어질 때까지. 얼마가

걸릴지 모른다. 오늘 바로 기적이 일어날지, 한 달 후가 될지, 1년 후가 될지, 아니 평생이 걸릴지. 그럼에도 우리 희망을 갖자. 내가 하는 생각이다. 나, 누구도 아닌 바로 나, I AM 이다.

(2022.11.22. 然在)

목련꽃 그늘 아래서

(2022. 4. 6. 운동장 목련나무. 然在)

인생특강 2

빛은 그늘을 통해
그 존재를 드러낸다.

빛은 그늘을 통해 그 존재를 드러낸다.
（2022.4. 3. 然在）

데이지, 귀여운 그늘에서

벽이 간혹 말을 건다는 걸 알고 있나요?
테라스를 둘러싸고 있는 플라스틱이 빛을 받고
따스한 열기에 몸을 떱니다.
그 소리, 딱. 딱. 딱. 딱.
딱.
따닥. 딱.
애야, 애야,
이제 다 되었단다.
이제 괜찮단다.
모두 다 되었단다.
그렇게 주님, 당신은 오늘
벽을 타고 제게 오셨습니다.

    (2022.4. 3. 테라스 데이지 화분 옆. 然在)

나는 창동 사람입니다.

하늬바람님께서 다음번 모임에서 읽을 책 소개를 해주시면서 다음 모임에서는 어린 시절 이야기를 나눠보자고 하셨다. 나의 독산동. 책 제목을 기억해두고 집에 돌아와 인터넷 검색으로 책 소개를 얼핏 보니 나와 비슷한 또래가 쓴, 서울 변두리에 살았던 어린 시절 추억을 담은 어린이 책이다. 초등학교 선생님이셨던 아버지를 둔 작가는 그때의 시험지를 지금까지 간직할 수 있었고, 그 시험지 속 문제 하나를 모티브로 삼아 이야기를 풀어낸다. 작가가 어린 시절 살았던 동네에 공장이 있었는데 공장 주변에 살면 환경이 어떠한가를 묻는 문제가 시험에 나왔었다고 한다. 사지선다형 답안 속에서 '살기에 편리하다'는 답을 아무런 의심 없이 자신 있게 선택하였지만 정답은 '시끄럽고 불편하다'는 것이었다는 사실에 어리둥절하였다는 이야기다.

지난번 모임에서 나눔을 하다가 비교의식을 거둔다는 것에서 나는 그만 울컥하였는데 이 짧은 검색 속에서도 끝없는 비교의식에

사로잡혀 있는 나를 발견했다. 초등학교 선생님이셨던 아버지께서 지병으로 일찍 퇴직하셔서 넉넉지 못한 살림을 살아야 했다는 작가의 소개를 읽으면서도 궁색한 가난도 아름답게 추억할 수 있는 작가의 어린 시절 문화 자본이 부러워졌다. 나도 모르게 어느샌가 사로잡혀 있는 비교의식의 괴로움. 나는 정녕 이것으로부터 놓여나고 싶다. 대박님과 하늬바람님께서 내가 해밝은 작은 도서관 책 모임에 들어오게 된 것을 기뻐하시며 환영하시길래, 웃으면서 '이건 운명이에요' 하고 농담했었는데, 그래 맞다. 이건 운명이다. 나는 중년 중기 이후의 삶을 살아가며 이미 이 시기를 여유 있게 넘어가고 계시는 언니, 오빠들(한 번쯤 이렇게 칭해보고 싶었다.)에게서 배우고 싶은 것이다. 그러기에 앞서 내 속의 정화 작업이 필요함을 넌지시, 내가 잘 알아볼 수 있는 몸짓과 웃음, 격려 그리고 침묵으로 알려주는 책모임의 언니, 오빠들. 훗날 아흔 넘은 할머니 나이가 되면 이것이야말로 나의 또 다른 어린 시절이었다고 추억하고 싶다.

 나의 어린 시절, 제삿날이면 큰집 안방에 모두 모여 잤던 기억이 난다. 사촌들이 모두 여섯 명이었는데 가로, 세로, 대각선으로 빼곡하게 누워서 잤다. 내가 선호하던 자리는 다락문 바로 앞자리였다. 거기에 누우면 큰 언니가 고등학생일 때 썼다는 한글 서예 작품이 잘 보였다. 새벽녘에 댕댕 울리던 괘종시계 소리에 잠이 깨면 누운 채로 그걸 읽었는데 무슨 내용이었는지 지금은 하나도 기억이 안 난다. 안방 바닥에 드러누우면 특이한 종이 냄새가 났다. 얼마 전 이응로 미술관에 갔다가 이응로의 방을 재현한 체험형 전시실이 있어서 바닥에 앉았었는데 거기에서도 큰 집 안방 바닥 냄새가 났다. 요즘이야 바닥에 앉지도 눕지도 않아서 바닥에서 무슨 냄새가 날까 싶은데 그 시절은 바닥과 참 친근했던 것 같다. 하고 쓸고 닦고 윤내고 해서 그런가 큰집은 바닥에서 반드르르 윤이 났다, 우리 집 장판은 큰집과는 다르게 비닐 장판이었는데 이사 다닐 때마다 장판 무늬도 신경 써서 고르고 그랬을까. 하긴 먹고 사는 게 고단했던 부모님들이 한가롭게 장판 무늬 신경 쓸 겨를이 있었을까 싶다.

큰집은 서울의 변두리 창동에 있었는데, 드라마 응답하라 시리즈에도 배경으로 나왔던 쌍문동 근처이다. 창동에서 쌍문동으로 가는 길에 큰 개천이 하나 있는데 무슨 간장 공장이 그 옆에 있었던 것 같기도 하다. 그 근처에서는 항상 뭔가 시큼한 냄새가 났었는데도 여름이면 개천으로 가서 물놀이를 실컷 했었다.

큰집은 그런 동네, 그래도 소박한 주택들이 모여 있는 동네에 자리 잡고 있었다. 마당, 대청마루, 안방, 건넌방, 사랑방까지 있는 여엿한 한옥이었던 것으로 기억한다. 아버지 형제들이 손수 지은 집이라고 했다. 큰 형 집 먼저 짓자고 4형제가 힘을 모아 함께 집을 지었다고 하는데 동생들 결혼시키고 나서는 큰 형이 보태주는 것 하나 없이 동생들이 자기들 알아서 월세도 얻고, 알아서 집을 짓기도 하고 그랬다는 걸 보면, 이야기에서도 왜 꼭 형이 놀부로 나오는지 알 것도 같다.

아버지가 병으로 돌아가시고 난 뒤에도 우리 어머니는 큰집과 긴밀한 관계를 유지하셨다. 어머니 말씀을 들어보면 큰집이라서 큰

의지가 되었던 것도 아니었던 것 같은데, 어머니가 왜 그렇게 큰집 욕을 하면서도 큰집에 가라고 하셨는지 모르겠다. 할머니 생신이나 제사 때면 꼭 가야하고 방학 때도 내내 큰집에서 지냈다. 우리 남매 뿐 아니라, 여름 방학이면 사촌들이 다 큰집에 모여 합숙을 하듯 지냈다. 큰집 큰 오빠가 군대 갔다 와서 아마 대학교 복학하기 전이었던 것 같은데 오빠들한테 성문 기초 영문법을 가르쳤던 기억이 난다. 큰오빠가 오빠들 공부 못하면 푸샵도 시키고 그랬다. 나보다 한 살 많은 사촌 오빠는 영어 공부를 하도 못해서 큰오빠한테 매도 많이 맞았는데, 지금은 영어도 잘하고 수완도 좋아 캄보디아에서 목재 사업을 하며 꽤 잘살고 있다고 한다.

추운 겨울 언제인가 또 사촌들이 다 모인 것을 보면 설 즈음이었을 것 같다. 큰집 작은 언니가 한동안 안 보이다가 집에 왔다고 했다. 곱슬곱슬 파마도 하고, 대학에서 국문학을 공부하던 큰 언니하고는 뭔가 분위기가 달랐다. 나는 작은 언니가 무서웠다. 부엌에서 언니가 계란후라이를 부쳐주었는데, 기름이 탁탁 튈 때마다 언니가 짜증을 내던 소리에 지레 겁을 먹고, 계란후라이 받으려고 접시를 들고 갈 때 언니한테 뭐라고 한소리라도 들을까 조마조마했던 기억이 난다. 그렇게 무서웠던 작은 언니도 시집가서 딸 둘 낳고 나서 내가 대학 다닐 즈음 나를 언니 집에 초대했었다. 이제는 언니가 무섭지는 않았으나 여전히 언니에게서는 사나운 기운이 느껴져서 친근하게 구는 언니가 어색하기만 했던 기억이 난다.

중학교 입학하던 때였나. 국문과 다니던 큰 언니가 결혼을 하고 형부 되시는 분과 함께 와서 우리 사촌들 모두 영화 구경을 시켜

줬었다. 언니는 나를 따로 불러 죠다쉬 가방을 선물로 주며 중학교 가면 공부 열심히 하라고 하면서 용돈도 얼마 쥐어주었던 것 같다. 설날이면 처가 사촌 동생들까지 챙겨주는 사촌 형부의 순한 표정이 어쩐지 언니와 잘 어울린다고 생각했었는데, 몇 년 전 들은 이야기로는 형부와 헤어지고 운동화 빨래방을 하면서 어렵게 남매를 혼자 다 길러 대학에 보냈다고 한다.

형제들에게 고백하오니, 과연 생각과 말과 행위로 많은 죄를 지었나이다.

동서 간에 말로 상처를 준 것 때문에 어머니는 요즘 들어 큰집과 왕래가 뜸해졌다고 한다. 어려서부터 이야기를 하도 들은 나도 어머니더러 이제 절대 큰집에 가시지 말라고도 했었다. 내 어린 시절 이야기를 하면서 엄마, 오빠, 나, 우리 세 식구의 궁상스러운 이야기 대신 큰집 사람들 이야기로 대신 한 것은 어쩌면 기억을 비켜 가고 싶었기 때문인지 모르겠다. 나는 서둘러서 어른이 되고 싶었다. '먹고 싶은 걸 어떻게 다 먹느냐'는 말이 우리 어머니의 훈계 래퍼토리였는데, 원하는 것을 다 가질 수는 없다는 것을 말씀하실 때 어머니는 꼭 이렇게 먹는 걸 두고 말씀하셨다. 무언가를 사달라고 하면 원하는 것을 다 가질 수 없다는 훈계에서 그치지 않고, 원한다는 것 자체로도 죄가 되어 엄마 힘든 것 하나 헤아리지 못하는 나쁜 딸이 되어버리는 것, 이 모든 것의 원인은 곧 가난이었다. 태어나 보니 가진 것 하나 없는 가난한 집 딸이라는 것과 부모가 가난하면 부모의 형제한테도 멸시의 시선을 받을 수 있다는 것을 누구에 대고 원망할 것이며 원망해보았자 무엇하겠냐는 진실을 너무도 일찍 알아버린 것이 나를 공부에 매진하게 했던 원동력이 아니었을까. 그것을 다시 기억하고 싶지 않아서 그렇게도 비켜가려고 했던 것인데 어쩐지 정확한 곳을 딱 찌른 듯, 놀부 같다고 험담했던 큰집 식구들에 대한 기억들이 재해석되어 내가 무엇을 하고 있었던 것일까 하고 참회하게 한다. 아니라고, 그들이 그렇게 나빴던 것은 아니라고 그들을 위한 항변, 아니 사죄라도 해야 할 것 같다. 우선 요즘 같은 시절에 친척들이 그렇게 모여 자는 게 가능할까 싶다. 만약 내가 내 친척 동기들 모두를 초대한다면 어디서 재우고 또 무엇을 먹일 수 있을까. 큰어머니 깍두기며 만두며 소고기 탕국 맛을 내가 어떻게 흉내 낼 수 있겠으며, 시동생네 아이들을 눈 한번 흘기지 않고 여름마다 거둬 먹일 수 있겠는가. 생각해보니 내가 초등학교 4학년이었을 때 어머니가 편찮으셨던 적이 있는데, 그때 우리 남매는 일 년 정도 큰집에서 지냈었다. 나는 눈칫밥이라는 것이 무엇인지 그때 정확히 알게 되었지만 나라면 일 년이나 우리 집에서 거두게 된 객식구를 한결같은 우애로 대할 수 있을까. 나에게도 불가능한 것임을 이 나이가 되어 나더러 해보라고 하니 이제 알겠다. 그 분은 그 분이 하실 도리를 다 하셨다는 것도. 무엇보다 큰오빠, 큰언니, 작은 언니가 그 증거이지 않은가.

내가 대학에 가고 난 다음에는 큰집에 모이는 것도 뜸하게 되어 한 번이나 두 번 가봤을까 싶은데 언제인가 들렀던 큰집은 동네가 확 바뀌었다. 큰집 동네에 있는 모든 집들이 집을 다 헐어버리고 다세대 주택이 빽빽하게 들어섰다. 그 시절 마당과 골목을 한가득 채우던 그 많던 햇빛은 다 어디 갔을까 싶을 만큼 어둡고 좁은 동네가 되어버렸다. 지금은 어디를 가도 다세대 주택 많은 동네와 아파트 많은 동네로 갈릴 뿐 그 동네가 그 동네인 듯 밍숭맹숭해져 버렸지만, 그 시절엔 골목이 마치 지문과 같아서 동네마다 그 동네의 느낌이 있었다. 길눈이 어두운 나도 골목을 따라 큰집에서 놀이터로, 놀이터에서 창동시장으로 잘도 돌아다녔었다. 온 동네를 다 알 수 있었던 그 동네, 큰집의 창동. 아니 어린 시절 나의 창동. 그러고 보니 우리 부모님 신접살림도 창동에서 시작하신 것 같고 나도 창동에서 태어난 것 같다. 나의 창동. 이렇게 불러보니 이름도 어쩐지 희망차 보인다. 그곳이 내 중년 중기 이후의 삶을 열어주는 창이 되어줄지 누가 알겠는가. 나도 이제 고향이 어디냐고 물으면 답을 할 수 있겠다. 나는 창동 사람입니다.

(2020.9.6. 공주 해밝은 작은 도서관. 然在)

작지만 확실하게 좋은 그 무엇

얼마 전 창원의 한 초등학생의 선행이야기를 기사로 읽었다. 육교 위에서 비를 맞으며 일하던 사람들이 갑자기 비가 안 오기에 비가 그쳤나 하고 위를 쳐다봤더니 한 초등학생이 말없이 우산을 한참 동안 씌워주고 있었다고 한다. 나중에 이 작은 이야기가 기사로 나가고 난 후, 아이에게 선행의 이유를 물었더니 그저 마음 불편한 것이 싫었을 뿐이라며 별것 아니라는 듯 답했다고 한다. 선행의 이유가 눈에 보이지 않는 자기 마음속 불편함 때문이었다는 것에 나는 조금 놀랐고 진심으로 그 아이가 부러웠다. 그리고 그 아이가 나중에 자라서 위대한 인물이 되어 나라와 사회를 위해 큰일을 하려 하기보다 작지만 확실하게 좋은 그것을 붙들고 놓지 않는 삶을 살아가기를 진심으로 바랐다.

이것은 어쩌면 내가 나에게 바라는 것인지도 모른다. 청소년 시절부터 시작된 위대해지고 싶다는 욕망은 나를 작지만 확실하게 좋은 그 무엇으로부터 얼마나 멀어지게 했던가. 나는 그동안 위대해

지느라 작지만 확실하게 좋은 것들이 거기 있었는지 잘 몰랐으며 이제는 먹고 사느라 바빠서 그것들을 모르는 척 하는 것에 달인이 되어버렸다.

　　생활은 나아지고 있는가? 우리는 진보에 대한 안이한 믿음
　　을 문제시하면서도 이성의 가능성을 포기하지 않고, 보수의
　　퇴행 가능성을 잊지 않으면서도 지적 문화적 전통을 이어갈
　　수 있는가? (문광훈, 일찍 시든 마음이여 중)

이렇게 가다가는 아마도 생활은 나아지지 않을 것 같다. 이제 더 늦기 전에 작지만 확실하게 좋은 것들이 있는 곳으로 가야겠다고 마음먹어본다. 그것이야말로 불확실한 미래를 확실하게 좋은 것으로 채울 수 있는 가장 좋은 방법이 아니겠는가.

　　슬픔에게 언어를 주오. 말하지 않는 큰 슬픔은 무거운 가슴
　　에게 무너지라고 속삭인다오. (셰익스피어, 멕베스 4막 3장)

『스타바트 마테르 (슬픈 성모)』를 들으며 가늠할 수 없는 슬픔을 표현하거나 이해하는데 필요한 것은 과연 언어일까 생각해보았다. 예술을 통한 상승적 이행을 가정했던 것의 전제인 신의 영역은 불가지의 영역, 침묵의 영역이니 '말할 수 있는 것은 말해야 하고 말할 수 없는 것은 침묵해야 한다'. 나는 감히 침묵의 영역에 속하는

성모의 슬픔을 표현한 숭고미를 느끼는 데서 오는 기쁨이 비 맞으며 일해야 하는 이들의 슬픔을 알아주는데서 오는 기쁨과 다르지 않은 것일지 모른다고 생각해본다. 다만 다른 점이 있다면 작은 슬픔에 대한 알아차림은 그럴 마음만 있다면 누구나 쉽게 할 수 있으며 그것은 뿌듯함이라는 좀 더 인간적이고 소박한 기쁨을 남긴다는 점이다. 이것이 내가 일찍 시들어버린 마음을 가졌음에도 불구하고 작지만 확실하게 좋은 그 무엇을 지금부터라도 찾아가야겠다고 마음먹은 이유이다.

기운 잃은 울새 한 마리
둥지에 올려 줄 수 있다면
내 인생은 헛되지 않으리

(에밀리 디킨슨, 인생 Ⅳ 중)

파르르 떨리는 마음이 거기 있다는 것을 모르는 척 하지 않는 한, 마음은 결코 시들지 않을 것이다.

(2018. 여름. 然在)

마음을 치고 간 문장

사람이 온다는 건 실은 어마어마한 일이다.

정현종의 시 '방문객'은 이렇게 시작하여 '그 마음을 내가 흉내 낸다면 필경 환대가 될 것이다'로 끝난다. 사람이 온다는 것이 시 인에게 대체 어떤 의미이기에 그것이 어마어마한 것이며 그것은 필경 환대라는 실천으로 이어지는 것일까. 시인에 의하면 사람이 온다는 것은 '그의 과거와 현재와 그리고 미래가 함께 오는 것'이 며 '부서지기 쉬운 그래서 부서지기도 했을 마음이 오는 것'이다.

그 마음을 아마 바람은 더듬어볼 수 있을 마음
그 마음을 내가 흉내 낸다면 필경 환대가 될 것이다
(정현종, 방문객 중)

한 사람이 내게 온다는 것에 대해 이토록 무겁게 사유한 시인은 그 무거운 의미에 더럭 겁이 나 있을 우리의 마음을 알고 있다는 듯이 바람만이 더듬어볼 수 있는 '어루만짐'이라는 가벼운 실천을 우리에게 제안한다. 사람에 대한 무거운 통찰과 작지만 따스한 행위, 환대가 담긴 이 시를 읽으며 나는 우리 가게에도 늘 사람이 온다는 것을 떠올려본다.

사람이 오늘도 문을 열고 들어온다. 나는 그를 바라본다. 사람이 온다는 것은 실은 어마어마한 것이라는 것을 아마도 나는 늘 떠올리지는 못할 것이다. 그러나 바람이 무심히 내 이마를 스쳐 지나가듯 따스한 환대가 무심결에 나오기를 바래본다.

실존을 내일로 미루지 말라.

앙드레 고르가 그의 책 'D에게 보낸 편지'에서 인용한 문장이다. 앙드레 고르는 평생을 함께 한 그의 부인 도린이 불치병에 걸리자, 모든 공적인 활동을 접고 부인과 함께 시골로 내려가기를 선택한다. '자신의 본질은 곧 도린'이라고 인식한 그는 도린 없는 삶을 상상할 수 없었기에 도린의 건강에 최선인 환경 속에서 그녀와 함께 하기로 한다. 그녀가 가장 자유로우면서도 가장 그녀답게 병을 받아들이는 방식을 함께 하는 것, 그것이 바로 그가 미룰 수 없는 그의 실존 아니었을까.

언론인이자 사상가로서 왕성한 활동을 하던 앙드레 고르는 아이러니하게도 모든 활동을 접고 시골 생활을 하면서 그의 생애 그 어느 때보다 가장 왕성한 저술 활동을 한다. 만약 그가 그의 본질을 도린으로 인식하지 못했다면, 그래서 그가 글을 쓰기 위해 혹은 사상가이자 활동가로서 얻고자 하는 사회적 성취를 위해 부인과 함께 하는 삶을 미뤘다면 어땠을까.

오늘도 하루가 저물어 간다. 온갖 걱정거리들이 머릿속에 가득하다. 나의 본질을 인식하지 못하여 실존을 내일로 미루고 있지 않은가 하는 묵직한 걱정이 하나 더 늘었다.

(2017. 봄. 연재의 테라스. 然在)

한 해의 끝 혹은 다른 세상의 달, 12월의 초대

어느덧 2014년의 끝자락 12월에 서 있다. 실재하는 시간은 오직 영원한 현재인 '지금 이 순간' 뿐이지만, 우리는 계절의 순환에 따라 1년이라는 시간을 정해두고 12월을 한 해의 끝이라고 한다. 인디언 체로키족은 12월을 '다른 세상의 달'이라고 부른다고 한다. 12월이 되면 한 해의 마지막 달이라는 아쉬움도 있지만, 그에 못지않게 들뜨고 설레는 기분이 든다. 마치 12월이 우리에게 다른 세상으로 들어오라고 초대하는 듯하다. 우리가 우리 자신을 넘어 또 다른 그 무엇이 될 수 있는지 생각해보자고 말이다.

모든 존재는 불리는 이름을 넘어선다. '나는 누구인가'라는 질문에 대해서 직장에서의 직함이나 사회적 역할 혹은 가족 내에서의 관계와 같이 '나는 누구다'라는 확실한 답을 가진 사람이라도 '진정 그것이 나인가'라고 되묻는다면 고개를 갸웃거릴 것이다. 이름은 나를 표현해 주는 적절한 도구이기는 하지만 '나'라는 존재는 그런 기능적 이름을 넘어선다. J라는 이름을 가졌으며 이탈리안 레스토랑으로 분류되는 이 공간이 또 다른 무언가가 되어보고자 하는 건 무한한 가능성을 시도해 볼 수 있는 다른 세상의 달 12월이기에 가능한 것 아닐까. 12월은 끝이며 또 다른 시작이니 말이다.

한 해를 되돌아보니 J에도 참 많은 사람들이 오고 갔다. 점심시간에 이곳을 찾는 사람들은 아침 내내 어딘가 자기 영역에서 있다가 따뜻한 한 그릇의 파스타를 즐기러 이곳으로 온다. 사람들이 오는 그 시간에 우리는 우리의 일에 몰입한다. 나는 몰입의 경험이 참으로 좋다. 단순한 몸의 움직임은 몰입하기에 딱 좋다. 가장 좋은 몰입의 순간은 눈을 감은 채 한참 동안 앉아 있는 것이지만, 파스타를 만들 때의 팬 돌림이나 에스프레소를 뽑을 때의 탬핑 동작은 몰입하기에 참 좋다. 나의 몰입 에너지가 이곳을 찾은 이들에게 음식을 통해 들어가고 그 에너지로 그들은 또 어딘가에서 그들의 일에 몰입할 수 있겠지 하는 생각을 하면 마음이 뿌듯해지기까지 한다.

겨울 문화 이벤트 미니 갤러리 참여 작가들의 다양한 작품들을 보며 그들이 언젠가 작업실에서 몰입하며 보냈을 오랜 시간들을 생각해본다. 작품 하나하나에 응축된 몰입 에너지가 이제 J라는 낯선 공간으로 흘러들어옴을 느껴본다. 작품 앞에 잠시 멈추어 서본다. 그들의 고민과 땀방울이 마침내 기쁨으로 승화되어 나에게 흘러와서 내 마음을 사르르 떨리게 한다. 감동이란 바로 이런 것이 아닐까.

11월 어느 날, 피아노를 새로 들여놓았다. 작곡을 전공하고 있는 아르바이트생 Y군이 피아노를 친다. 피아노를 치는 그를 보면 몰입이란 저런 것이구나 하는 말이 절로 나온다. 그가 몰입한 피아노 연주에 나도 몰입해본다. 아름답다. 몇백 년 전 베토벤, 쇼팽이 그들의 에너지를 불어넣었을 아름다운 곡들이 지금 이 순간 내 앞에서 피아노를 사랑하는 한 청년에 의해 재현되는 이 경험은 몰입과 흐름의 경계 없음을 느끼게 해주는 가장 행복한 순간이다.

몰입과 흐름은 아름다움을 생산하는 근원이지만 몰입과 흐름은 홀로 아름다움을 생산할 수 없다는 것이 내 생각이다. 파스타도, 미술 작품도, 아름다운 음악도, 누군가는 몰입해야 하고 누군가에게로 흘러가야 한다. 흘러오는 아름다움을 아름다움 자체로 받아들일 수 있다면 우리는 우리의 공간과 시간에 몰입할 수 있고 또 다른 아름다움을 생산할 수 있을 것이다. 이것이 다른 세상의 달 12월의 초대에 답하는 우리의 자세 아닐까.

(2014.12. 이탈리안레스토랑 J. 然在)

어디에서 쓸 것인가

　작가는 죽기에 앞서 살아있는 인간이다. 우리는 책을 통해
서 우리의 정당성을 밝혀야 한다고 생각한다. 비록 먼 훗날
우리가 과오를 저질렀다는 판정이 내린다 해도 미리부터 과
오를 두려워해서는 안 된다고 생각한다. 그리고 작가는 자
신의 악덕과 불행과 약점을 전면에 내세우는 그런 비루한
수동적 인간으로서가 아니라, 결연한 의지와 선택과 저마다
삶을 추구하는 전체적 기도(企圖)의 인간으로서, 자신의 작
품을 통해서 전적으로 참여해야 한다고 믿고 있다.

(장 폴 사르트르, 문학이란 무엇인가 중)

　장 폴 사르트르는 그의 책 '문학이란 무엇인가'에서 문학과 참여
라는 문제에 대한 여러 비판의 소리들에 종지부를 찍기 위하여 문
학에 대한 근본적인 질문을 던지고 그에 답을 하였다. 그가 던진
질문은 '쓴다는 것은 무엇인가', '무엇을 위하여 쓰는가', '누구를

위하여 쓰는가'였다. 조지오웰도 쓰는 것과 관련하여 질문을 던졌
는데 그의 질문은 '왜 쓰는가'였다. 글을 쓰는 사람들이 글을 쓰는
것에 대해 질문을 던지는 이유는 무엇일까. 아마도 그들은 글을 쓴
다는 것과 관련하여 주장하고 싶은 것이 있기 때문이 아닐까. 질문
은 답을 보여주는 근사한 첫 문장일 수 있기 때문에 그들은 답을
말하기 위하여 질문을 던지는 것 같아 보인다. 그들이 그런 시도를
한 것처럼 글을 쓰기로 작정한 나도 글을 쓴다는 것에 대한 내 생
각을 전달하기 위하여 질문을 하나 던져 본다. 어디에서 쓸 것인
가.

　내가 '어디에서'라는 말에 주목하는 이유는 몸을 둔 자리가 마음
이 가는 자리를 알 수 있는 좋은 지표이기 때문이다. 장소와 자리
는 내가 선택할 수 있는 행위의 범주를 결정하거나 제한하기도 하
고 때로는 행위를 이끌어내기도 한다. 가령 우리가 경마장에 있다
면 거기에서 우리가 선택할 수 있는 행위의 범주는 우리가 도서관
에 있을 때 선택하는 그것과는 다를 것이다. 우리는 어디에서든 쓸
수 있지만 쓸 마음이 일어나지 않는다면 어디에서도 쓸 수 없다.
그러므로 만약 쓰고자 한다면 쓸 마음이 일어나게 할 자리를 찾아
야 하며 그곳에 몸을 두어야 비로소 쓸 수 있는 것이다.

　내가 '어디에서'라는 말에 주목하는 또 다른 이유는 내가 몸을 둔
자리, 장소, 좌표는 내 존재를 말해주기 때문이다. 내가 무엇을 하
고 있는지는 내 존재를 말해주지 않는다. 하느님이 아담에게 '너
어디 있느냐?'하고 물으셨지 '너 무엇을 했느냐?'고 묻지 않으신
것처럼 존재는 행위에 앞선다. 내가 존재한다는 것은 어떤 장소,

자리에 있다는 것이다. 그러므로 '어디에서'라는 말 뒤에는 '존재하는가'라는 말이 생략되어있다고 할 수 있다. 따라서 '어디에서 쓸 것인가'라는 질문은 '나는 어디에서 존재하는가'라는 질문과 함께 나는 '쓸 것이다'라는 말을 품고 있다고 할 수 있다. 이미 내가 선택한 행동인 쓴다는 것을 어디에서 하느냐 하는 것은 내가 글을 쓰는 사람 즉 작가로서 어디에서 존재하는지 묻는 질문과 같다고 할 수 있다.

 그렇다면 나는 어디에서 존재하는가. 나는 종일 내 일터 J에 내 몸을 두고 산다. 나는 주로 불 앞에, 카운터 앞에, 테이블 옆에 서 있다. 내가 이곳을 떠나지 못하고 앉으나 서나 매출 생각인 이유는 무엇일까. 매일 짊어지고 오르는 이 돌이 저 언덕 위에서 굴러떨어질 것을 알면서도 다시 또 언덕을 오르는 시지프처럼 J라는 이 언덕과 돌은 마치 내 숙명처럼 묵직하기만 하다. 언덕을 오르기로 한 사람은 다름 아닌 나인데 내 속의 어떤 마음이 나를 매일 이곳으로 오게 하는 것일까. 자식의 어미로서 마땅히 가져야 하는 책임 때문일까. 시시한 조직의 끄트머리에 붙기보다 사업으로 성공하여 보고 싶은 욕망 때문일까. 돈의 여유가 나를 자유케 하리라는 기대 때문일까. 어떤 이유에서인지는 몰라도 나는 매일 불을 지피고 물을 끓이는 일로 나의 하루를 시작하여 불을 끄고 물을 식히는 일로 하루를 마무리한다. 내가 시시콜콜하게 이런 이야기들을 늘어놓는 이유는 나의 책임이나 욕망, 기대 따위를 아름다운 언어로 노래하는 대신 철저히 들추어내는 고백을 통하여 나를 몸 두게 하는 내 정신 저 밑바닥의 책임과 욕망과 기대를 인식하기 위함이며 그로부터 내 영혼이 자유로워지기 위함이다.

 알레르기로 인한 간지러움이 극에 달하고 피부가 빨갛게 돋아 오른 지 3주가 되어갈 무렵, 나는 숙명의 J를 잠시 떠나기로 하였다. 홍성에서 한용운 문학 캠프를 한다는 말을 친한 언니로부터 전해 듣고 가게 문을 닫기로 한 것이다. 가게 문을 닫는다는 것은 저녁에 벌어들일 수 있는 매출을 포기하는 것이기에 쉽게 결정할 수 있는 일은 아니었다. 그러나 나는 '만약 이 일이 영원히 반복되어도 같은 결정을 할 것인가?' 스스로에게 물었고 당연히 그렇다는 답을 하고 난 후, 가벼운 마음으로 저녁 매출에 연연하지 않고 가게 문을 닫을 수 있었다. 나는 버는 곳이 아닌 다른 곳으로 내 몸을 옮겨간다는 사실에 마음이 설레었다. 그러면서도 여전히 가려운 내 몸에 연고를 바르고 내 숙명을 가려워하며 시 한 편을 마음에 담았다.

　　　見櫻花有感　벚꽃을 보고 느낌이 일어
　　　　　　　　　　　　　　　　한용운

　　　昨冬雪如花　지난겨울 꽃 같던 눈
　　　今春花如雪　올 봄 눈 같은 꽃
　　　雪花共非眞　눈도 꽃도 참이 아니거늘
　　　如何心欲裂　어찌하여 마음 찢어지려 하는지

꽃 같던 눈은 아무리 꽃처럼 보여도 꽃이 아니다. 눈이다. 마찬가지로 눈처럼 보이는 꽃도 눈이 아니다. 꽃이다. 내 눈에 그러하게 보이는 모든 것들은 일종의 허상인데 허상이 참된 그것이 아님을 알게 되었을 때, 그렇게 본 것은 분명 나인데도 내게 보인 그것에게 속았다며 불평하고 잘못을 따진다. 어쩌면 내가 지금 '버는 곳', '무거운 숙명'이라고 이름 붙인 J는 내가 그곳에 있어야겠다고 처음 마음먹었던 몇 년 전에는 다른 의미로 나에게 다가왔었는지도 모른다. 어찌하여 나는 꽃처럼 보이던 눈이 사실은 차갑기만 하고 향기 하나 없는 그저 눈임을 알게 되었다고 하여 마음 찢어지려 하는가.

한용운 생가지에서 하룻밤을 보내고 난 후, 나는 그의 시 '님의 침묵'을 외워야겠다고 마음먹었다. 학생들에게 한 학기에 10편씩 시를 외우게 하신다는 류지남 시인의 말이 들려왔기 때문이다. 나는 내가 만약 고등학교에 다닐 때 이런 선생님께 국어를 배웠더라면 님의 침묵에서 님이 가리키지 않는 것은 무엇인지 밑줄 그으며 고등학교 시절을 보내지는 않았을 것이라고 잠시 한탄하였다. 얼마 전 모 강연을 통해 스물여섯 이후에도 시를 쓰려는 자는 역사 감각[1]이 있어야 한다고 했다는 시인 엘리엇의 말을 들은 적이 있다. 제대로 암송하는 시 한 편 없고 시적 전통에 대한 지식도 전무한 내가 만약 무언가 쓰고 싶다면 지금은 쓸 때가 아니라 읽을 때라는 생각을 했었는데, 마침 시 암송이라는 새로운 체험에 대한 궁금증이 일어 이번 기회에 무작정 외워보기로 한 것이다. 외우고 잊어

---

[1] 이 때의 역사 감각은 역사의식을 말하는 것이 아니라 시적 전통에 대한 감각을 말한다고 함.

버리고 또 외우기를 반복하며 시를 암송해가던 중 시인이 쓴 시어가 내 눈 앞에 펼쳐지는 느낌이 들었다. '푸른 산빛을 깨치고'를 외우는데 푸른 산빛을 깨치고 가는 여인의 뒷모습이 여명 속에 보이는 듯했고, '날카로운 첫 키스의 추억'이 허망하게 '뒷걸음쳐서 사라질 때' 시인이 느꼈을 슬픔이 내게도 전해져 나는 그 대목에서 혼자 울먹이기까지 했다. 어찌할 수 없이 받아들일 수밖에 없는 이별을 시인은 어떻게 견뎌냈을까.

> 걷잡을 수 없는 슬픔의 힘을 옮겨서 새 희망의 정수박이 들
> 이부었습니다.

(한용운, 님의 침묵 중)

평소 나는 위인전에서나 만나볼 수 있는 인물인 만해 한용운에 대해 큰 관심이 없었다. 평범한 욕망을 가지고 살아가는 내가 범접할 수 없고 공감할 수 없는 그의 행적들에 대해 그저 위대하신 분이라는 말로 표현하면 그만이었다. 그가 왜 위대한지 그는 어떤 존재인지 전혀 궁금하지 않았다. 그런데 나는 그의 시어에서 그의 위대함이 무엇인지 발견하였다. 그는 우리와 같이 이별의 슬픔을 느끼는 인간이었지만 슬픔에 머물지 않고 '걷잡을 수 없는 슬픔의 힘을 옮겨서 새 희망의 정수박이에 들이부을 줄 아는' 인간이었다. 슬픔의 힘을 희망의 힘으로 옮길 수 있기에 '헤어질 때 다시 만날 것'에 대한 믿음이 생겨나는 것이다. 시인은 분명히 '슬픔'이라 하지 않고 '슬픔의 힘'이라고 표현하였는데 '힘'이라 표현한 의미가

무엇일까 궁금해졌다. 시인에 의하면 슬픔의 힘은 희망의 힘으로 옮겨간다. 슬픔과 희망은 마음속에서 일어나는 감정이고 감정은 우리가 알고 있는 바와 같이 변화무쌍하다. 그렇다면 슬픔으로도 변할 수 있고 희망으로도 변할 수 있는 참된 힘의 근원은 무엇일까.

그러나 이별을 쓸데없는 눈물의 원천을 만들고 마는 것은
스스로 사랑을 깨치는 일인 줄 아는 까닭에

(한용운, 님의 침묵 중)

그것은 사랑일까. 시인은 갑작스러운 이별에도 님에 대한 사랑을 간직하고 있다. 떠난 님에 대한 원망도 원한도 없이 행여나 나의 눈물이 사랑을 깨치지나 않을까 하며 눈물을 삼킨다. 사랑이 깊어야 슬픔도 깊다면 슬픔의 힘이란 곧 사랑의 힘이다. 시인은 그 사랑의 힘을 옮겨서 슬픔을 희망으로 만들어낼 수 있었던 것이다.

*

밀란 쿤데라는 그의 소설 '불멸'에서 자신이 괴테의 연인이었다고 사기를 친 여인의 우스꽝스러운 이야기를 다뤘었다. 나는 불멸하는 위대한 영혼 옆에 기생함으로써 자신의 불멸을 이어가고자 한 베티나의 이야기를 읽으며 참 희한한 방법으로도 불멸하고 싶어 하는구나 하고 웃어넘겼었다. 그랬다. 나는 결코 불멸하고 싶다는 어리석은 소망은 품지 않겠다고, 지금 현재를 잘살면 되는 것이라고.

그런데 희한한 방법이긴 하지만 불멸을 그토록 소망한 베티나를 보면서 불멸이란 것이 특별한 몇몇 사람들의 욕망인지 아니면 인류 전체가 가진 보편적 욕구인지 생각해보았다. 자식을 낳아 기르는 것에서부터 수많은 건축이나 예술 작품들을 보면 어쩌면 내가 인식하지 못 하였을 뿐, 그동안에도 나는 불멸을 소망하고 있었으며 그것이 어떤 형태로든 표현되고 있었던 것은 아닐까. 나는 불멸에 대한 나의 소망과 관련 없이 그것이 인류의 보편적 욕구일 수 있다는 가정을 받아들이고 그것을 어떤 형태로 표현하며 살 것인가에 대해 생각해보기로 했다.

내가 원하든 원하지 않든 불멸을 향해 가고 있다.

나는 영민한 베티나가 괴테를 알아보고 그의 연인으로 기억됨으로써 불멸을 이어가고자 한 것과는 조금 다른 차원에서 불멸하는 이들의 덕을 조금 보고자 했던 것을 기억해본다. 내가 사랑하는 시인들에게는 공통점이 있는데 그것은 바로 그들이 모두 죽었다는 점이다. 그들은 지금 존재하지 않고 그들은 말이 없다. 오직 그들이 남긴 시를 내가 읽음으로써 그들은 비로소 말을 얻는다. 나는 지금은 죽고 없는 그들이 생전에 바랐을 불멸의 소망을 이어가기 위해 그들을 읽어야겠다는 생각을 했다. 이것이 불멸하고자 하는 내 영혼의 또 다른 표현이고 좋은 것을 바라보며 평생을 행복하고 즐겁게 살 수 있으면서도 언어로 존재하는 자이고 싶은 내 소망을 표현하는 유일한 방법일 것이라 여겨졌기 때문이다.

말할 수 있는 것은 말해야 하고 말할 수 없는 것은 침묵
해야 한다.

(비트겐슈타인, 논리철학논고 중)

사실 내가 쓰기로 한 장르의 진실을 말하자면 시인이 노래한 침
묵의 무덤가를 종일 배회하다가 섬광처럼 왔다 간 흔적을 보고, 마
치 세상의 모든 진실을 다 본 것처럼 말할 수 없는 것을 말하고
싶어 안달이 난 듯 쓰는 것에 불과한 것일지 모른다. 그러나 나는
그래도 이렇게 말하고 싶다. 나는 시인이 침묵으로 관조한 세계가
무엇인지 그것이 시를 통하여 어떻게 드러났는지 삶의 감춰진 진
실을 유추하여 말하고 싶다. 나는 관조를 꿈꾸지만 침묵하지 않을
것이며 말할 수 없는 것을 말하는 자의 운명을 향해 가기로 한다.

*

지난겨울 짬을 내어 도봉구 방학동에 있는 김수영 문학관에 갔었
다. 내가 방문했던 날이 하필 공휴일이어서 예상대로 문학관의 문
은 굳게 닫혀 있었다. 시인의 삶과 문학을 가지런히 정돈해두었을
문학관 이곳저곳을 구경하고 싶었다기보다 그냥 그를 떠올리고 싶
었을 뿐이기 때문에 그리 실망스럽지는 않았다.

춥고 배고프던 시절, 시인이기 전에 그 또한 처자식을 책임져야
하는 가장이었기에 그는 양계를 하며 먹고 산다. 먹고 사는 일로부

터 해방되어 글만 쓰며 살아갈 수 있었으면 얼마나 좋았을까. 김수영은 간간히 받은 원고료를 빠듯한 살림에 보태 살아가는 생활인이었으나 그럼에도 그는 대중의 공감을 통해 얻을 수 있는 매문(賣文)과 매명(賣名)의 유혹을 경계한다. 대중의 공감과 시인 자신의 내적 고유함은 어쩌면 함께 갈 수 없는 것일지 모른다. 김수영에게 있어 양계라는 힘든 노동은 김수영이 김수영이어서 쓸 수 있는 시를 끝까지 추구할 수 있게 해준 고마운 고역이 아니었을까.

> 닭을 길러보기 전에는 교외 같은 데의 양계장을 보면 그것처럼 평화롭고 부러운 것이 없었는데 지금은 정반대입니다. 양계는 저주받은 사람의 직업입니다. 인간의 마지막 가는 직업으로서 양계는 원고료 벌이에 못지않은 고역입니다. 이제는 오히려 이 고역에 매력을 느끼고 있는지도 모릅니다.
> 그렇지만 나는 양계를 통해서 노동의 엄숙함과 그 즐거움을 경험했습니다.
>
> (김수영, '양계변명' 중)

닭을 키우던 김수영은 어느 날 토끼를 기를까 생각한다. 토끼와 닭의 합이 좋기 때문이라는 실질적인 이유도 있었지만, 토끼도 닭만큼이나 키우기 어렵기 때문이라는 게 그가 굳이 토끼를 기르려고 한 또 다른 이유다. 김수영에게 있어 역경은 피해야 할 고통의 근원이 아니라, 먹고 살기 위해 해야 하는 일을 선택할 때의 기준이다. 편하게 돈을 버는 것이 미덕이고 능력인 요즈음의 세태에 비추어보면 역경에 대한 이런 생각은 철없는 낭만으로 느껴지기도 한다. 그러나 삶이 문득 고단해질 때 나는 그의 역경주의를 떠올리며 위로를 받는다. 내게는 이토록 멋진 김수영이지만 결코 착하지 않은 경험을 담은 그의 시들을 읽을 때에는 간혹 당혹스럽기도 하다. 그는 콧노래를 부르는 철부지 6학년 아이에게 '요놈 – 죽어라' 같은 '잔인의 초가 잔뜩 쳐진 속마음을 감추고 겉으로 부드러운 말'을 건네기도 하고[2] '여편네를 우산대로 때려눕히고 와선 범행의 현장에 두고 온 지우산을 아까워'하기도 한다.[3] 이렇듯 당당하게 자신의 착하지 않은 경험과 내면을 고스란히 드러낼 수 있는 용기는 과연 어디에서 나오는 것일까. 또 그런 경험이 시로 승화되어 오랜 시간이 지난 지금에까지 내 가슴을 울릴 수 있는 힘은 어디에 근원하고 있는 것일까. 숭고한 가치들로 자신을 포장하기보다 날것 그대로의 악행들을 여과 없이 드러낸 그의 시를 보면 시인은 착함이라는 윤리적 가치를 뛰어넘은 존재가 아닐까 생각해보게 된다. 시인은 분명 아름다움과 좋음을 추구하는 존재이다. 그렇다면 그들이 추구하는 좋음은 착함과는 다른 어떤 것이 아닐까.

니체는 도덕의 계보학에서 좋음(gut)의 어원을 밝히며 좋음이란 본래 기독교적 가치인 배려나 돌봄과 같은 착함이 아니라 강함을 뜻하는 것이라고 하였다. 힘든 일이기 때문에 그 일을 선택한다는 것은 강한 자들이 삶을 대하는 자세이다. 돌보고 배려하는 것은 약한 자들이 만들어낸, 약한 자들을 위한 가치라는 것이다. 강한 자

---

2) 김수영 전집1에 수록된 시 잔인의 초 중
3) 김수영 전집1에 수록된 시 죄와 벌 중

들은 역경을 두려워하거나 피하지 않고 역경을 선택한다. '고역에 매력을 느끼고' 역경을 즐기는 이들의 역경주의는 피할 수 없다면 즐기라는 식의 역경 즐기기와는 다른 것이다. 그들에게 있어 역경은 피하지 못한 것이 아니라 적극적으로 선택한 역경이기 때문이다. 온갖 역경을 헤치고 마침내 부인이 기다리는 고향으로 돌아온 오디세우스가 다시 모험을 하라는 신의 명령에 복종하며 새로운 항해를 준비하는 것처럼 역경을 선택한다는 것은 자신에게 주어진 운명을 감내하는 것이며 이것은 무한을 향한 그치지 않는 열정이 있기에 가능한 것이다. 그렇기에 강한 자들은 강하다는 이유로 존경을 받으며 강한 자라는 명예 이외에 어떤 대가도 원하지 않는다.

아무래도 나는 비켜서 있다 절정 위에는 서 있지
않고 암만해도 조금쯤 옆으로 비켜서 있다
그리고 조금쯤 옆에 서 있는 것이 조금쯤
비겁한 것이라고 알고 있다!

그러니까 이렇게 옹졸하게 반항한다
이발쟁이에게
땅주인에게는 못하고 이발쟁이에게
구청직원에게는 못하고 동회직원에게도 못하고
야경꾼에게 20원 때문에 10원 때문에 1원 때문에
우습지 않으냐 1원 때문에

모래야 나는 얼마나 작으냐

바람아 먼지야 풀아 나는 얼마큼 작으냐

정말 얼마큼 작으냐....

(김수영, 어느 날 고궁을 나오면서 중)

 김수영은 자신이 얼마나 작으냐고 작은 모래에게 바람에게 먼지에게 풀에게 탄식한다. 절정을 아는 사람은 절정에 이르지 못하고 있는 자신의 비겁함과 작음에 절망한다. 절망하는 사람은 결코 자기 자신이 되지 못한다. '절망은 끝까지 그 자신을 반성하지 않고'[4] 그를 나락으로 떨어뜨리기 때문이다. 그러나 '자신이 얼마나 작은지' 알고 있는 사람은 결코 작지 않다. '암만해도 절정에서 비켜서 있는 것 같은' 자신의 비겁함을 알고 있는 사람은 결코 비겁하지 않다. 이것이 자기 자신을 알고 있는 자가 지닌 힘이다. 인식이 그를 구원한 것이다. '구원은 예기치 않는 순간에 온다'[5]는 것을 알고 있기에 그는 절망하고 있으나 절망에 머무르지 않는다. '바늘구멍만한 예지를 바라면서 사는 자'[6]의 숙명적 '설움'을 가졌으나 그는 '어제와 함께 내일에 사는 사람들'[7]의 강력함을 가졌다. 김수영의 매력은 바로 여기에 있다. 그는 비겁하나 비겁하지 않고 작으나 작지 않은, 김수영 그 자신이며 그 자체로 강하다.

 어느 봄날, 술에서 깨어난 무거운 몸으로 김수영은 밤을 지긋이

---

4) 김수영 전집1에 수록된 시 절망 중
5) 같은 시 중
6) 김수영 전집1에 수록된 시 예지 중
7) 같은 시 중

바라본다. '개가 울고 종이 들리고 기적소리가 과연 슬프'다. '재앙과 불행과 청춘과 천만인의 생활 이러한 모든 것이 그에게 보이는' 봄밤이다. 그러나 시인은 서둘지 말라며 인생을 다독인다. 그는 '강물에 비친 불빛처럼 혁혁'하기만 할 뿐 아무런 진실도 담아내지 못할 바에야 서둘지 말자고 마음에 말하고 있었는지도 모른다. '한없이 풀어지는 피곤한 마음' 한컨에는 사실 무엇이든 쓰고자 하는 불안한 마음이 공존한다. 그러나 시인은 쓰기 위해서 쓰지 말아야 한다고 마음먹는다. 애타도록 마음에 서둘지 말라고 자신을 다독이던 그에게서 드디어 기쁨의 탄성이 터져 나온다. 기다림이 절제라는 미덕으로 또 영감으로 탄생하는 순간이다. 시가 오는 순간이다.

애타도록 마음에 서둘지 말라
강물 위에 떨어진 불빛처럼
혁혁한 업적을 바라지 말라
개가 울고 종이 들리고 달이 떠도
너는 조금도 당황하지 말라
술에서 깨어난 무거운 몸이여
오오 봄이여
한없이 풀어지는 피곤한 마음에도
너는 결코 서둘지 말라
너의 꿈이 달의 행로와 비슷한 회전을 하더라도
개가 울고 종이 들리고
기적 소리가 과연 슬프다 하더라도

너는 결코 서둘지 말라
서둘지 말라 나의 빛이여
오오 인생이여

재앙과 불행과 청춘과 천만인의 생활과
그러한 모든 것이 보이는 밤
눈을 뜨지 않은 땅 속의 벌레 같이
아둔하고 가난한 마음은 서둘지 말라
애타도록 마음에 서둘지 말라
절제여
나의 귀여운 아들이여
오오 영감(靈感)이여

（김수영, 봄밤 전문）

*

추석이 다가오자 어머니는 더욱 분주해지셨고 나는 더욱 게을러
졌다. 어머니는 봄부터 미리 준비해둔 쑥과 함께 떡쌀을 찧어다가
송편을 만드시려고 벼르고 계셨다. 어머니의 부탁으로 떡쌀을 빻으
러 방앗간에 갔다. 이 거리의 많은 가게들이 문을 닫았다기에 방앗
간도 문을 닫아서 무거운 떡쌀을 들고 간 게 헛수고가 되면 어쩌
나 하며 갔는데 여전히 그 자리를 지키고 있는 걸 보니 반가웠다.
주인인 듯 보이는 아주머니에게 떡쌀 빻으러 왔다고 했더니 나를

한번 쳐다보고 나서는 아무런 반응이 없다. 혹시 내 말을 못 들은 게 아닐까 싶어서 한 번 더 말했다. 그랬더니 아주머니는 '난 할 줄 몰라. 저기다 얘기해요'하며 방앗간 기계들이 있는 쪽을 가리킨다. 아주머니의 아들처럼 보이는 청년이 갓 나온 송편을 찬물에 헹구고 있다. 찬물에 적당히 헹궈진 송편들에 참기름을 바르고 그 사이 삶아놓은 팥을 커다란 통에 담아 식히는 동안, 아주머니는 아침 드라마와 쉼 없이 지나가는 TV 광고들에 텅 빈 눈을 떼지 않는다. 잠깐이라도 놓치면 안 될 무언가 중요한 사실들이 있는 듯 TV에 고정된 시선이 사뭇 진지하다. 레진 1만원도 보장해 준다는 치아 보험이 지나간다. 떡집 아들에게 떡쌀을 빻으러 왔다고 했더니 어머니의 무심한 대응과는 달리 '이거 하고 금방 해 드릴게요'하며 친절히 응대한다. 아들이 수수와 찹쌀로 빚은 떡을 팥고물에 묻혀 수수팥떡을 만드는 동안 아주머니가 하는 일이라곤 카운터 앞에 서서 TV를 주시하고 있는 일 뿐이다. 아무 것도 할 줄 모르는 사람은 다른 사람을 부지런하게 만든다. 나는 문득 떡집 아주머니의 '난 할 줄 모른다'는 선언이 마음에 든다. 나도 온 우주에 선언하고 싶다.

나는 아무 것도 할 줄 모른다.

버지니아 울프는 여성과 픽션이라는 강연에서 여성이 글을 쓰기 위해서 필요한 것은 돈과 자기만의 방이라고 하였다. 누구에게도 기대지 않을 수 있고 영혼의 자유를 지켜낼 수 있는 돈과 자기만의 방. 당당하게 자신의 글을 쓰기 위해 필요한 최소한의 것으로 제시한 조건이라고 여겨져서 나도 그 생각에 전적으로 동의했었다. 자기 자신이 된다는 것은 무엇일까. 나는 내가 충실히 수행해왔던 역할(persona)들과 내 안 깊숙이 들어앉아 그것이 마치 '나'인 것처럼 자연스레 연기했었던 오래된 경험을 떠올려본다. 내가 기대고 있는 이름들은 과연 나일까, 직장에서의 직함, 사회적 역할 혹은 가족 내에서의 관계와 같이 '나는 누구인가'라는 질문에 확실한 답을 주었던 그것이 진정한 나라고 할 수 있을까. 이름은 나를 표현해주는 적절한 도구이기는 하지만 '나'라는 존재는 그런 기능적 이름을 넘어서지 않을까. 진정한 자유는 이름을 넘어서는 것에 있지 않을까.

부정(否定)의 경험은 고통스럽다. 그러나 그것에는 고통을 잊게 해주는 묘한 쾌감이 있다. 나를 부정함으로써 나를 극복하고 점점 더 강해진 나로 거듭날 것이라는 믿음에서 오는 쾌감에 기대어 나는 나를 규정하고 있는 몇 개의 중요한 이름들을 부정해 보았다. 이름 없음, 그것은 나에게 다름 아닌 자유였다. 그러나 이름이 떼어진 자리에 다른 이름이 붙여진다는 것을 '그때는 몰랐으나 지금은 알고 있고'[8], 이름이 존재를 앞서 갈 수 없다는 생각에서 이름을 떼어냈다는 것은 너무 철없는 일이 아니었을까 싶을 만큼 삶은 고단하다. 그토록 아름답게 느껴졌던 역경을 이겨내는 강인함이 지금은 '슬픈 억척'[9]으로 느껴진다. 편하게 살아가는 사람들의 삶이

---

8) 지금 알고 있는 걸 그때도 알았더라면 : 류시화가 엮은 잠언 시집의 제목

부럽고 그들의 유연한 태도가 아름답게 느껴진다. 나는 한 번 더 나를 부정해본다. 좋음이란 강함이라고 했던 니체의 말을 '망치'10)로 깨뜨려버리고 싶어진다. 나는 약해지고 싶어진다. '작은 모래와 바람과 먼지와 풀에게'라도 기대고 싶어진다. 무엇이 맞을까. '지금은 맞고 그때는 틀리다'11)는 것이 진실일까.

　쓰는 사람

　버는 사람 쓰는 사람 따로 있다는데
　그 말은 진실일까
　나는 종일 벌고 있다
　쓰는 사람 덕에 벌고 있다

　나는 쓰고 싶다
　종일 쓰고 싶다
　다 쓰고 싶다

　나는 다시 내가 주로 존재하는 장소인 내 일터 J를 돌아다본다. J는 돈을 버는 곳이고 나는 돈을 벌기 위해 이곳에 있다. 물론 이

9) 슬픈 역척이 싫다고 나는 말했다 : 이정록 시집 의자에 수록된 여인숙에서의 약속 중
10) 생각의 망치 : F.W.니체가 지은 책의 제목 (부제: 기존 질서와 고정관념을 깨버린 니체의 혁명, 절대진리는 절대로 존재하지 않는다)
11) 지금은맞고그때는틀리다 : 홍상수 감독, 정재영, 김민희 주연 영화의 제목

곳 J에서 책도 읽고 음악도 듣고 공연 실황도 보고 이런저런 문화 정보도 나누지만 바뀔 수 없는 단 한 가지 사실은 바로 이곳 J는 내가 돈을 버는 곳이라는 것이다. 그것이 바로 내가 이곳에 존재하고 있는 것을 설명해주는 가장 타당한 이유가 될 것이다. 나는 나의 욕구들 중 돈을 벌고 싶다는 욕구, 그것도 아주 편하게 벌고 싶다는 가장 기초적이며 강력한 욕구를 인정하기로 한다. 그런데 돈을 버는 이곳 J에서 쓰기를 생각하고 있는 것을 보면 분명 나에게는 돈을 버는 것 외에 원하는 무언가가 또 있는가 보다. 내가 쓰지 않고는 무슨 병이 날 것처럼 못 견디는 건 분명 아니다. 나는 쓰지 않고도 얼마든지 즐거울 자신이 있다. 그런데 하고 많은 일들 중 왜 굳이 쓰려고 하는가. 글을 쓴다는 것은 마음을 쓴다는 것이며 에너지를 쓴다는 것인데 일어난 마음과 모아둔 힘을 다른 데 쓰지 않고 글에 쓴다는 이 행위는 나에게 무슨 의미인가. 온통 가렵고 무언가 빨갛게 돋아나는 몸이 말해주듯 고단한 일상에서 지금 나에게 필요한 것은 휴식이 아닐까. 가족을 위해, 사업을 위해, 내 몸을 위해 에너지를 아껴야 하지 않을까. 그런데 왜 나는 쓸데없는 것에 에너지를 쓰고자 하는 것일까. 이유를 알 수 없으나 나는 '절망의 힘을 옮겨서 열망의 정수박이에 들이붓기'로 했다. 나도 '죽기에 앞서 살아있는 인간'이고 '글을 통하여 내 정당성을 말하고 싶기' 때문이다. 나는 내가 가지고 있는 에너지를 쓰는데 다 써버린다. 내가 쓰기를 통해 없음으로 달려가는 동안 글은 서서히 그 모습을 드러내기 시작한다. 나는 어디에도 없고 글은 당신 앞에 있다. 글의 운명은 완전히 당신에게 달려있다. 읽힐 것인가,

말 것인가. 당신의 마음 출렁이게 할 것인가, 말 것인가. 당신의 충실한 읽기에 의해 재창조되고 그리하여 불멸할 것인가, 말 것인가. 내가 글을 쓰는 것에 내가 가진 에너지를 다 쓰고도 모자란 이유는 바로 여기에 있지 않을까.

 이름 없음이 허상임을 알았으나 나는 또 다른 이름 없음을 꿈꾸며 내가 하는 모든 일에 무명이라는 이름을 붙여 불러본다. 나는 먹는다, 걷는다, 본다, 읽는다, 쓴다, 노래한다, 춤춘다. 이 모든 일들이 무명이다. 이름이 무엇이며 무엇을 하시나요? 네, 저는 무명이며 무명을 합니다. 다 써버린 나는 이제 벌기 위해 당신을 찾기 시작한다. 당신은 어디에서 걸을 것인가, 쓸 것인가, 노래할 것인가. 당신이 어디에서든 무명을 해준 덕으로 나는 벌 수 있을 것이다. 완전히 충전된 내가 또, 쓰고 싶다, 종일 쓰고 싶다, 다 쓰고 싶다 할 때까지. 어디에서 쓸 것인가라는 질문은 이제 이렇게 바뀌어야 할 것이다. 어디에서든 쓸 것인가. 돈에 대한 욕망이 나를 J로 이끌었듯 숨겨진 나의 어떤 마음이 나를 어디로 이끌게 될지 나는 모른다. 그곳에 있는 이유를 알지 못하는 내가 나를 쓰는 것에 매번 실패하여 그건 내가 아니었나봐 할지도 모른다. 그럼에도 불구하고 나는 내 마음이 이끄는 곳이 어디이든 그곳에서 나를 또 쓸 것이다.

(2016. 가을. 작가마루 24호. 然在)

목마른 진딧물 데이지 찾듯

데이지를 괴롭게 하는 진딧물을 없애주소서!

기도하다 문득,

그의 가는 길 막지 마라, 하신 음성 들었네.

네 소망을 그에게 던지지 말라 하신 음성 들었네.

내 소망을 그에게 던지지 말라 하시네.

네 눈 즐겁게 한 데이지는

이제 그의 쓰임대로

진딧물을 기쁘게 하고 있노라 하시네.

진딧물에 계신 주님이

오늘 그렇게 말씀하셨네.

보라, 자신에 당당한 데이지를.

꼿꼿하게 하늘 바라보는

우아한 데이지를.

와서 다 먹으렴.

꽃대 꺾일 것 염려치 않는 데이지여!

순명하는 자의 위대함이여!

(2022. 4. 10. 테라스 데이지 화분 옆. 然在)

나는 한 번 더 다르게 살고 싶다

우연히 한 번 태어났다
다시 태어나도 이 삶이라면
한 번 더 살겠는가
니체가 물었다
그렇다고 할 수 있을 때까지
답하기가 싫었다

그래서 나는
다르게 살기로 했다

(연재, 다르게 살기)

출근하는 길에 현장학습을 나온 초등학생들을 보았다. 줄지어 선
아이들의 앞뒤에 선생님들과 학부모로 보이는 어른들 몇도 함께

있었다. 차들이 많이 다니는 곳이니 조심해야 해요. 학교 밖으로 나온 아이들은 신이 나서 저희들끼리 재잘거리며 선생님의 주의를 듣는 둥 마는 둥 한다. 좌회전 신호를 받고 핸들을 꺾으며 차의 방향을 돌리다가 룸미러로 흘끗 돌아보았다. 한 무리의 아이들, 그 앞에 내가 있었다.

나는 시간표에 따라 정해지는 일과 속에서 오늘을, 내일을, 한 달 뒤를, 1년 뒤를, 예측 가능한 그 시간들을 보내고 있었다. 확실하고 안정된 것을 선호하는 사람들의 눈에는 이상하게 보일지 모르지만, 확실함의 절정 속에 있던 나는 질서정연함 속에서 느슨하게 풀어져있던 내 안의 세포들이 다시 깨어나 살아 숨 쉴 것 같은 기대로 불확실함을 갈망하고 있었는지도 모른다.

공들여 쌓은 성을 완전히 무너뜨리는 것은 쉽지 않다. 충동에 의한 것이든 이성적이고 합리적인 계획에 의한 것이든 무너뜨리는 것은 한순간이지만 무너뜨린 성을 바라보는 것은 영원하기 때문이다. 오르페우스가 저승에서 부인을 구해올 수 없었던 이유, 그것은 그녀가 뒤를 돌아보았기 때문이라고 한다. 뒤에 남은 것이 무엇이든 그것에 대한 미련은 새 삶을 허락하지 않는다. 망각의 강을 건너는 것은 그만큼 힘든 일이다. 간절히 원하는 남편과의 새로운 삶을 앞에 두고도 뒤를 돌아보았던 에우리디케처럼, 교사로 살았던 17년의 삶을 정리하고 파스타 가게 운영이라는 전혀 다른 삶을 살았던 2년 동안, 나도 수없이 뒤를 돌아보았다. 그날그날의 가게 매출에 좌우되는 수입의 불안정함에 가슴을 졸이다가 매달 꼬박꼬박 들어오던 월급날을 떠올렸고, 여기요 하고 나를 부르는 어린 손님들에게 공손히 인사하며 친절히 대하다가도, 나에게 먼저 인사하고 이것저것 심부름을 해주던 학생들이 떠올랐다. 내가 잊어야 하는 건 과거의 경험들이 아니라 내 몸과 마음에 쌓여진 습관과 수년간 나를 길들여온 관습인지도 모른다. 깨끗이 잊고 다시 시작한다는 것은 그만큼 쉬운 일이 아니지만, 지금은 그런대로 이 삶의 새로운 방식을 받아들이고 있다. 주말에 이틀을 쉬고 나서도 월요일에는 왠지 더 피곤했던 몸이, 지금은 매일 매일 쉬지 않고 일해도 쌩쌩하기만 하고 간혹 몸이 안 좋다 싶다가도 아프기를 뒤로 미룰 수 있는 신기한 조절 능력까지 생겼다.

갑자기 몰린 손님들 덕에 숨 쉴 틈 없이 바빴던 런치를 마치고 앞치마를 벗으며 컴퓨터 앞에 앉았다. 오늘 런치의 매출이 얼마였고 디너 예약으로 몇 명이 잡혔는지 잠시 떠올려본다. 이번 달 나가야 하는 돈과 벌어들인 돈의 플러스, 마이너스로 생각을 더 확장시키려다 멈춘다. 계획한대로 돈이 벌어지는 것도 아니고 어차피 나가야 하는 돈은 나가고 있으니 하나 마나 한 계산을 하며 언제 방문할지 모르는 손님들을 애타게 기다리는 것보다 지금 이 순간을 오롯이 즐길 수 있는 것이 무엇인지 생각해본다. 다행히도 지금 이 순간 내 의지는 써야 한다는 것에 향해있다. 가게의 매출을 잠시 잊고 글쓰기를 떠올린 이유는 그것만이 내 영혼을 망각의 잿더미로부터 소생시킬 유일한 것이라는 생각이 가져다주는 비장하고도 은밀한 만족감 때문이다. 그렇다. 나는 한 번 더 다르게 살고 싶은 것이다.

톨스토이가 '안나 카레니나'에서 죽어가는 형을 지켜보는 레빈의

복잡한 내면을 묘사하는 장면에서, 레빈이 형에게 연민을 느끼는 동시에 죽음에 이른 자만이 가질 수 있는 죽음에 대한 인식을 가진 형을 질투하는 것을 예민하게 포착했듯이 살아있는 한 우리는 결코 죽음을 알 수 없다. 칸트는, 인식할 수 없지만 존재하는 것들, 예컨대 신의 영역에 속하는 것들은 순전히 우리의 믿음에 의해 '요청되어야' 한다고 했다. 알 수는 없지만 존재하는 것들에 대한 믿음은 우리를 상상하게 만든다. 칸트가 도덕적 삶을 설명하기 위해 신의 존재를 요청했듯이, 나는 창조적 삶을 살아가기 위해 완전한 망각을 상상한다. 모든 것이 무로 돌아가는 죽음 이후에 오는 것이 만약 완전한 망각이라면, 그리고 만약 우리가 과거의 어떤 흔적도 갖지 않고 태어난 어린 아기처럼 완전히 망각할 수 있다면 전생과는 전혀 다른 삶을 살아가듯 과거로부터 자유로운 창조도 가능할 수 있을 것이다. 망각은 우리에게 무엇이든 쌓을 수 있고 무엇이든 허물 수 있는 자유를 준다. 니체는 인간의 정신이 낙타, 사자, 어린아이로 향하는 세 가지의 변화를 거쳐야 비로소 창조의 정신으로 거듭날 수 있다고 했다. 자신이 진 짐을 묵묵히 견뎌내는 낙타의 단계를 거치고, 습관과 관습을 물어뜯을 수 있는 사자의 단계를 거쳐 어린아이가 되어야 공들여 쌓았던 모래성을 허물고도 천진하게 웃으며 새로 성을 쌓을 수 있다. 과거의 내가 누구였는지, 내가 이뤄낸 것이 얼마나 대단했었는지, 또는 부끄러운지 하는 과거의 온갖 기억들은 나를 한발 짝도 앞으로 나가지 못하게 한다. 사르트르의 말처럼 나를 이끌어가는 것은 어마어마한 과거가 아니라 미래이다. 누구에게나 꼭 한번은 정해진 죽음과 그 이후에 오는 완전한 망각을 지금 이 순간으로 초대할 수 있다면 우리는 살아있는 동안 몇 번이고 다시 태어날 수 있을 것이다.

 나는 과거의 모든 것을 망각하면서 공들여 가꾼 이 공간 또한 완전히 망각해야 할 미래의 어느 한 순간을 상상해본다. 테라스의 문을 닫는 날, 나는 내가 쌓았던 성에 미련을 두고 뒤돌아볼 것인가, 아니면 그 전의 것들을 망각하고 새로운 창조 앞에서 기쁨과 설렘에 들뜰 것인가. 모래성을 쌓고 부수고 또 쌓는 어린아이처럼.

(2017. 가을. 연재의 테라스. 然在)

한량들의 시스템을 꿈꾸며

생각해보니 내 오랜 꿈은 한량이 되는 것이었다. 고대 그리스 시대에 부와 노예를 거느린 덕에 정신적 향유를 누리던 귀족 남자들처럼 아무 일도 하지 않고 매일 매일 우주의 근원, 삶의 목적, 이런 것을 생각하고 이야기하면 참으로 좋겠다고 생각했던 것이 오래된 내 은밀한 꿈이다. 인문학 열풍과는 다르게 세상에서는 쓸모없는 것으로 여겨지고 있는 철학적인 생각, 이런 것이 좋아서 동경해온 것이 십년 쯤 되었는데 이런 생각을 평생 하면서 다른 일은 안하고 싶다는 말을 하면, 다른 사람의 노동에 기대어 하는 일 없이 놀고먹으려는 사람이라고 비난받을까봐 두려워 차마 말하지 못했었다. 그러니 소크라테스는 얼마나 위대한가. 그는 이미 그런 비난의 두려움은 뛰어넘었으니 말이다.

자본주의 사회에서 한 존재의 가치는 경제적 가치가 말해준다는 것은 우리 사회에서 암묵적으로 동의하고 있는 사실이다. 돈을 벌어들이지 못하는 사람은 아무래도 기가 죽기 마련이다. 나는 어릴

적부터 자본주의 사회에서 여성이 기죽지 않고 살아남기 위해 할 수 있는 일이 무엇인지 알았었나 보다. 나는 스무 살 교대에 입학하기로 했을 때부터, 평생 경제적인 활동을 할 사람, 그것도 아주 안정적인 수입이 보장된 직업을 가진 사람으로 분류되는 그 삶을 선택하였다.

 돈을 번다는 것의 의미를 생각한다는 것과 안정된 수입을 벌어들이는 것 중 어떤 것이 더 의미 있는 일일까. 초등교사 생활을 하던 17년 동안 나는 단 한 번도 돈을 벌어들이는 것의 의미에 대해 생각해본 적이 없었다. 다만 돈을 벌었을 뿐이다. 물론 돈을 번다는 것의 의미를 생각한다고 하여 돈이 나오지 않는다. 그렇지만 나는 돈이 나오지도 떡이 생기지도 않을 그런 생각에 몰입하고 그것을 글로 풀어내는 것이 너무나 좋다. 솔직하게 고백하건데, 나는 공부하고 배우는 것의 즐거움은 알겠는데 누군가를 가르치고 보살펴 주는데서 오는 그런 기쁨은 잘 모르겠다. 나는 돈을 벌기 위해 학교로 출근하는 생계형 교사직을 그만 두기로 했다. '돈을 벌기 위함'이라는 목적에 충실하게 나는 겁도 없이 돈을 버는 '상인'의 삶을 선택했다. 그게 그 당시 내 영혼에게 가장 잘 어울리는 선택이었을 것이다. 플라톤의 '국가'를 보면 영혼이 내세를 선택할 수 있다고 주장하는 부분이 나온다. 하늘나라에 올라간 영혼들이 다음 생을 선택할 차례가 되면, 순서대로 서서 다음 생을 선택한다고 한다. 플라톤에 의하면, 영혼이 가장 편안하게 느끼는 삶을 선택하게 되어있기 때문에 선택하는 순서는 상관이 없다고 한다. 어떤 영혼은 가정적으로는 불우하지만 부유한 왕의 생을 선택하기도 하고,

어떤 영혼은 가난하지만 사랑이 가득한 가정을 선택한다고 한다. 합리적이고 논리적인 이성이 작동하는 지금도 내 삶을 주체적으로 선택하는 것이 힘든데 모든 이성이 멈춘 영혼의 상태에서 선택할 내세가 나는 너무도 걱정이 된다. 내세에도 돈이나 먹을 것을 최우선으로 둔 삶, 혹시 돼지의 삶을 선택하게 되면 어쩌나 싶다. 그래서 나는 현재 돈을 버는 일에 매진하고 있는지도 모른다. 원하는 만큼 실컷 돈 버는 삶을 살아보고 여한이 남지 않는다면, 내세에는 가난하더라도 고귀한 것을 추구하는 삶을 기꺼이 선택할 수 있지 않을까. 아니면 신의 은총으로 금수저를 물고 태어나 한량의 삶을 아무런 고민 없이 영위할 수 있을지도 모른다.

안정된 수입이 있었던 초등교사직을 그만 둔 후, 나는 내 공간 J에서 돈과의 사투를 벌이며 돈을 버는 것의 의미에 대해 생각할 수 있었고 그 결과가 바로 '어디에서 쓸 것인가'라는 글이다. 생각하지 않는 17년과 생각하는 4년 중 다시 선택한다면 무엇을 선택할 것인가. 초등교사라는 안정된 삶을 그만 두어야만 했던 나의 정당성을 나는 이 물음으로 대신한다.

버는 사람 쓰는 사람 따로 있다는데
그 말은 진실일까.
나는 종일 벌고 있다.
쓰는 사람 덕에 벌고 있다.

나는 쓰고 싶다.

종일 쓰고 싶다.

다 쓰고 싶다.

(연재, 쓰는 사람)

 여전히 나는 돈을 버는 이 삶을 이어가고 있다. 그 전과 무엇이 달라졌는지 모르겠지만 요즘 나는 어떻게 (돈을) 쓸 것인가에 몰입하고 있다. 갑자기 내게 쓸 돈이 생겼거나 그동안 많이 벌어서가 아니라, 쓰는 것을 생각하면 즐겁기 때문이다. 아리스토텔레스가 니코마코스 윤리학에서 정리한 인간의 덕목 중 갖추고 싶은 것이 바로 '자유인다움'이라는 덕목이다. 자유인다움이란 돈을 쓰는 것에 관한 덕목이다. 이것은 인색함과 낭비적인 것의 중용에 해당하는 것으로 돈을 마땅히 써야 하는 곳에 쓸 줄 아는 덕목이다. 나는 돈을 버는 기쁨과 돈을 쓰는 기쁨 중 어떤 것이 더 좋은가 생각해보았다. 매일 파스타와 피자를 만들어 파는 노동은 돈으로 환원되어 나에게 즉각적인 보상을 주지만, 손이 많이 가는 크림 브륄레를 만들어 하루 전에 예약한 분께 그냥 드리는 일이라든지, 토요일에 나의 테라스를 이웃들에게 빌려드리는 일은 돈이라는 즉각적인 보상이 아닌 감사의 미소와 함께 흐뭇함, 뿌듯함이라는 긍정적인 감정의 결을 남긴다. 만약 누군가 나의 이런 나눔의 밑에 숨은 경제적 효과를 연구하여 내 나눔에 숨겨진 순수하지 못함에 대해 말한다면 맞는 말씀이라고 순순히 인정할 것이다. 칸트는 그의 책 '윤리형이상학 정초'에서 '이 세계에서 또는 이 세계 밖에서까지라도 아무런 제한 없이 선하다고 생각될 수 있는 것은 오로지 선의지 뿐'이라고 하며 인간들의 행동 밑에 숨은 저의를 꼼꼼히 밝히고 도덕적 순수함에 입각한 선한 행동은 무엇인지 조목조목 밝혔다. 선의지 그 자체가 아닌 다른 목적을 지닌 행동은 그 행위가 비록 착한 행동이라 하더라도 순수한 의미에서 선하다고 볼 수 없다는 것이 도덕적 행동에 관한 칸트의 생각이다. 나는 너무도 오랫동안 칸트의 목소리에 귀 기울이며 내 순수하지 못함에 우울해했었다. 그러나 나는 이제 칸트는 잊겠다. 순수와 비순수의 차이를 연구하 느니 차라리 순수하지 못하더라도 내가 할 수 있는 최선의 나눔을 하며 즐거워하는 것을 선택하겠다. 그것이 내 영혼의 현주소라는 것을 나는 고백한다. 나는 지금 돈과 돈 너머에 있는 것에 각각 한발씩 걸치고 있다.

연재의 테라스는 돈 너머를 생각하는 사람들이 진정한 한량이 될 수 있는 시스템을 연구한다. 나는 나에게 있는 단 하나의 자산, 상 상력이라는 자본으로 연재의 테라스 유통 부문 사업을 시작했다. 사회적 기업을 꿈꾼다는 말에 공감하신 어떤 회사의 영업부장님은 최저 단가로 물건을 공급받을 수 있게 해주셨고, 또 어떤 분은 자 신이 운영하는 택배 차량에 무료로 광고를 붙여주신다. 나는 이분 들이 나에게 무엇을 요구하고 계신지 생각한다. 나는 한량들의 열 정과 땀이 묻은 무엇이든 뽐낼 수 있는 곳이 연재의 테라스가 되 었으면 좋겠다. 또 그것을 지속가능하게 후원할 수 있는 돈을 만들 어낼 수 있는, 한량들의, 한량들을 위한, 한량들의 시스템을 만들 어냈으면 좋겠다. 가령, 우리는 손 하나 까딱하지 않고 AI가 만들 어내고 AI가 판매한 공산품으로 돈을 만들어 낼 수 있는 시스템

말이다. 나는 아직 그런 것이 가능할지 모르겠다. 그저 상상하고 실험할 뿐이다. 사업의 성공 여부와 상관없이 내가 도모하고 있는 것이 그 자체로 의미 있는 것이기 위한 필요충분조건이 바로 오늘 내가 가지고 있는 선의지라면, 나는 내 안의 의지가 돈을 향해있는지 선을 향해있는지만 철저하게 따져볼 일이다. 오늘은 생각하기 좋은 날. 연재의 테라스에 앉아 골똘히 생각하고 있다.

(2017. 5. 30. 연재의 테라스. 然在)

소란 속의 당신을 환대합니다.

이야기를 나누다 보면 뜻이 통하여 얘기가 길어지는 때가 있다. 연재의 테라스가 손님들로 가득 차는 것은 참 드문 일인데 그날이 그랬다. 손님들이 식사를 마치고 가시면서 연재의 테라스에 손님이 많으니 참 좋다는 덕담을 건네신다. 마지막으로 남은 테이블에서 식사와 디저트를 마친 여성 세 분이 나가시면서, 현관 앞에 전시된 것들을 보며 연재의 테라스에서 추진 중인 문화 행사에 관심을 보이셨다. 손님을 배웅하기 위해 엘리베이터를 함께 기다리며 잠시 나누려고 했던 대화가 엘리베이터를 마냥 세워둔 채 계속 이어졌다. 우리는 다시 들어가 앉을까도 생각해봤으나 다들 다음 일정이 있는 터라, 그냥 선 채로 계속 이야기를 나누었다. 우리의 이야기는 여성과 예술, 그리고 여성의 삶에 관한 것으로 자연스레 이어졌다. '우리 여성은 소란 속에서 글을 쓰고 낭독을 하고 연주를 한다'는 나의 말에 그 중 한분은 울먹이시기까지 했다. 좋은 대화는 대화에 참가한 사람들에게 일종의 카타르시스를 남긴다. 그날의 대화는 내가 이런 대화를 나누기 위해 교사직을 그만 둔 것이 아닌가 하는 필연성까지 느끼게 할 정도였다. 그렇게 이어진 대화를 아쉽게 끊고, 못다 한 이야기는 다음에 다시 나누자며 우리는 이만 헤어졌다. 나는 다시 설거지와 청소라는 소란이 가득한 곳으로 돌아왔다.

지난 1회 낭독회에서 우리는 소란 속에 있는 여성의 실존을 있는 그대로 보여주었다. 우리의 낭독회에 없는 것이 있다면 그것은 아마도 고요함일 것이다. 아이를 동반한 여성들이 있는 공간에 고요함은 함께 할 수 없기 때문이다. 당신이 낭독에 집중하려 할 때 아마도 아이들은 언제 끝나느냐며 집에 가자고 당신을 보챌 수도 있다. 혹은 옆 테이블에 앉은 가족의 소란스러움이 당신의 집중을 방해할 수도 있다. 아이가 있건 없건, 아이를 길렀건 안 길렀건, 당신이 여성이라면, 당신은 아마도 일상적인 소란 속에 있을 것이다. 누군가는 일상 속의 소란에서 벗어나 고요함 속의 힐링 타임을 원할 수도 있다. 나도 소란스러움 보다는 고요함이 더 좋다. 그러나 나는 소란 속에 있는 우리의 실존을 있는 그대로 보이는 것이 우리가 하는 낭독회의 취지에 더 잘 맞을 거라 생각한다.

작년 말 철학 논문집을 들춰보던 중, 우연히 서강대 서동욱 교수가 쓴 '그리스인의 무조건적 환대'라는 논문을 읽게 되었다. 이 논문을 읽으며 나는 데리다가 말한 무조건적 환대라는 개념에 대해 생각해보았다. 자국의 이익이 이민자에 대한 환대나 관용보다 우선한다는 논리가 세계 여러 나라의 선거에서 승리를 거두고 있는 요즘, 그리스의 고전 오딧세이아 곳곳에 숨어있는 환대의 정신을 데리다의 무조건적 환대라는 개념과 연결시키고 이것이 우리에게 시사하는 바가 무엇인지 차분하게 서술한 논문을 읽으며 나는 평소 좋아하는 시, 정현종의 '방문객'을 떠올렸다.

정현종의 표현처럼 사람이 온다는 것이 어마어마한 것은 무엇 때문일까. 그것은 바로 '부서지기 쉬운, 그래서 부서지기도 했을 마음'이 오기 때문인 것 같다. 그 마음에 연민을 느끼는 누구라도 '아마 바람은 더듬어 볼 수 있을 마음'의 갈피를 더듬게 될 것이며 '그런 바람을 흉내 낸다면 필경 환대가 될 것'이라는 시인의 마음에 동의하게 될 것이다.

무조건적 환대는 어떠한 처지에 있는 사람이건 그 사람을 배격하지 않는다는 것으로, 인류의 정신사에서 보여준 고귀한 정신 중 하나가 아닌가 한다. 굳이 서양의 인문학 전통을 들먹이지 않더라도 나그네에게 밥상을 차려 주거나 물 한 그릇 떠주는 우리네 정서와도 맞는 것이 환대의 철학이다. 연재의 테라스라는 상업 공간에서 무조건적 환대는 어떻게 가능할 수 있을까. 돈을 내고 밥을 먹으러 오든, 그냥 오든 무조건 당신을 환대하겠다는 마음은 과연 가능한 것일까.

무조건적 환대와 관련하여 한 가지 더 생각해보고 싶은 문제가 있다. 바로 포지션에 따른 갈등의 문제이다. 우리는 세종시, 여성, 예술이라는 범주로 낭독회를 열고 있다. 범주를 이렇게 한정 지은 이유는 우리가 세종시에 살고 있고, 우리가 여성이며, 우리가 예술에 관심이 있기 때문이다. 우리는 너무나 오랫동안 소란스러운 곳에서 침묵해왔고, 여전히 소란스러움 속에 있으며 그런 소란에도 불구하고 이제는 말해보고 싶은 것이다. 우리가 가진 지역적 특수성, 성적 특수성, 취향적 특수성 때문에 다른 지역에 살거나 다른 성이거나 혹은 다른 취향을 가진 사람들이 공감하지 못할 수도 있다. 그러나 그렇다고 하여 우리의 이야기가 보편성을 잃었다고 폄하되거나 자신과 다르다고 하여 혐오스럽게 여겨지지는 않았으면 좋겠다. 나는 우리의 특수성이 보편성에 앞서며 보편성을 함의하고 있다고 믿고 있다. 그리고 아마도 우리를 환대해주는 당신이 더 많을 거라고 생각한다.

소란스러움이 없다면 고요함도 없을 것이다. 소란이 고요에게 고요가 소란에게 연민을 느낄 때, 그리고 소란이 고요를 품고 고요가 소란을 품을 때, 비로소 상생의 환대가 가능하지 않을까. 어떠한 처지에 있는 당신이든, 당신을 환대한다. 토요일의 향연으로의 초대가 그것의 작은 증거이다.

"이번에 낭독회에 참가하게 될 아이들에게 부탁할 것이 있어요. 연재의 테라스에 있는 물건들이 제자리에 있지 않게 될 경우, 그 모든 정돈은 연재 아줌마의 몫이에요. 또 편지 봉투에 붙여야 하는 우표가 편지지에 붙여져 있다면 그걸 다 떼어내야 하는 것도 연재 아줌마의 몫이죠. 그런 아줌마의 불편을 조금 이해해주면 좋겠어요. 낭독회에서 낭독하시는 분들이 낭독을 더 잘하실 수 있도록 귀 기울여주길 바라지만, 만약 나도 지금 소리 내고 싶다든가 하는 마음이 든다면 테라스로 나가서 낭독회에 방해되지 않는 정도로 소리

내기를 부탁해요. 테라스에는 텐트도 있고 아줌마가 매일
물을 주며 가꾸는 화분들도 있으니 소중하게 다뤄주기를 부
탁해요. 난간에서 떨어지거나 드나드는 문턱에서 넘어지지
않도록 각별한 주의를 부탁한다는 말도 덧붙일게요."

(2017. 6. 연재의 테라스. 然在)

쓸모없는 아름다움에 대하여

머리에 꽃씨를 심지 마세요. 씨앗은 불행의 시작입니다.

(이령, 테제의 봄 중)

오늘도 테라스의 문을 열고 들어와 물을 마셨다. 안개꽃은 물에
잠겨 있어야 할 정도로 물을 많이 먹는다는 꽃집 주인의 말이 떠
올라 작은 안개꽃 화분에 물을 듬뿍 주었다. 단 하루라도 물을 거
르면 이 꽃들은 아마도 말라 죽어버릴 것이다. 나의 소홀함에 대한
안개꽃의 대답은 말라 죽어버림이다. 쓸모없이 아름다운 꽃은 투정
없이 그냥 죽어버린다. 활짝 핀 안개꽃이 예뻐서 그것을 곁에 두고
더 보고 싶어서 매일 물 주는 것을 잊지 말아야겠다고 생각한 것
은 생명에 대한 책임이 아닌, 쓸모없이 아름답게 태어난 안개꽃에
대한 연민 때문이었다. 루꼴라 화분에도 매일 물을 줘야 한다는 어
머니의 말씀이 생각났다. 한 통 가득 물을 담아 창가 테이블 아래

쪼그리고 앉아 물을 주었다. 루꼴라를 땄을 때 손 안 가득 풍기는 고소한 향이 생각나서 열심히 물을 주었다. 며칠 전 딴 루꼴라의 여린 줄기에 또 다른 싹이 올라온 것을 보니 기특하다. 고소한 루꼴라를 피자 위에 올릴 생각을 하니 매일 물을 줘야 하는 이 일이 귀찮게 느껴지지 않는다.

 물을 마시고 물을 주는 일, 내 하루는 그렇게 시작한다. 머리에 꽃씨를 심지 말라고 한 시인의 경고에도 불구하고 나는 물을 마시며 머리에 꽃씨 하나 심는다. 글은 테제로부터, 꽃은 씨앗에서 나온다고 믿기 때문이다. 물을 마시며 테라스를 천천히 걷는다. 오늘의 테제를 정하기 시작한다. 오늘의 테제는 '감사 성향이 교우관계에 미치는 영향'이다. 이것은 내 석사학위 논문 제목이다. 논문의 결론은 감사 성향이 높은 사람은 교우관계도 좋다는 것으로, 별로 새로울 것 없는 명제이다. 그런 뻔한 결론을 내기 위해서 이런저런 도구로 측정하고 신뢰도 높은 결론을 자랑스레 이끌어내며 삼십 대를 보냈다는 게 갑자기 허무하게 느껴진다. 논문을 낸 이후로 단 한 번도 들춰보지 않았을 뿐 아니라, 누구에게도 읽혀지지 않았을 그 글을 쓰느라 보낸 시간과 노력 그리고 돈, 이런 것들은 대체 무엇 때문이었는지. 언젠가 쓸모 있을지 모른다고 생각했던 석사학위 말고는 다른 특별한 이유는 없는 것 같다. 그런데 감사하게도 오늘 아침 떠올린 이 논문의 테제가 나의 가장 가까운 이, 나의 동반에 대한 감사로 이어질 줄 누가 알았겠나. 연재의 테라스 곳곳에 있는 문화 컨텐츠들을 지치지도 않고 만들어내는 내 동반에 대한 감사를 잠시 잊고 서운한 말만 쏟아냈던 지난밤이 떠올라 갑자기 미안해졌다.

늘 쓸모를 생각하며 살아온 실용적인 세계관을 가진 나는 쓸모는 없지만 아름다운 것들에 대한 동경이 늘 있었다. 나도 쓸모가 없어져 보았으면 좋겠다는, 그런데 쓸모는 없더라도 아름답기는 했으면 좋겠다는 아무짝에도 쓸모가 없는 그런 소망을 조용히 떠올려본다. 누군가 나를 나의 소용 가치로 좋아한다면 그것만큼 불행한 상황이 어디 있을까. 쓸모는 없는데 좋아할 수 있다면 그것이야말로 진정한 아름다움 그 자체가 아닐까. 세상의 모든 예술가들이 갈망하는 아름다움이 있다면 아마도 그건 그 형식이나 내용이 달라지더라도 변하지 않을 아름다움 그 자체일 것이다.

얼마 전 읽었던 엔트로피 증가의 법칙에 대한 칼럼에 의하면, 모든 물질은 엔트로피가 증가하는 방향으로 변해간다. 엔트로피가 증가한다는 것은 쓸모가 없어진다는 것이고 이것은 불가역적이다. 불행하게도 세상의 모든 것들은 쓸모가 없어질 뿐 아니라 아름답지도 않게 변해간다. 쓸모가 없어져 가는 온갖 것들을 인간은 혐오한다. 생보다 죽음을 더 선호하지 않는 것처럼 떨어지는 낙엽은 아름답게 느낄 수 있지만 썩어 들어가는 낙엽을 아름답게 보지는 않는다. 아이러니하게도 아름답지 않은 그 낙엽은 거름이라는 쓸모를 낳기도 한다. 인간의 모든 우울은 여기에서 비롯된 것이 아닐까. 우리에게도 곧 닥칠 늙음과 죽음에 대해 우리 정신은 얼마만큼 준비가 되어있는지. 나는 그래서 차라리 한순간이라도 더 젊었을 때 쓸모가 없어지기를 바란다. 그것이 내가 쓸모는 없으나 아름다울 수 있는 가능성이 1%라도 더 있을 것 같기 때문이다. 자본주의 사회에서 쓸모란 곧 돈이고 돈으로 환원될 수 없는 것은 쓸모가 없다고 하는 것은 우리가 모두 인정하는 불편한 진실이다. 나는 진정 돈에서 해방되고 싶다. 돈을 버는 쓸모 있는 존재에서 벗어나 존재 자체로 빛나는 그런 정신이고 싶다. 이것이 바로 내가 나에게 물을 주는 이유, 즉 내가 물을 마시는 이유이다. 나는 쓸모없이 아름답게만 태어난 안개꽃의 숙명에 연민을 느끼듯, 쓸모만 있고 아름답지 못한 나에게 연민을 느낀다. 나는 물을 마시며 생각한다. 나는 아무짝에도 쓸모없는 안개꽃 같은 아름다움을 추구한다. 나는 예술가다.

여름꽃

여름에도 꽃이 핀다.
파란 하늘 담으려고
환한 달 맞으려고
여름에도 꽃이 핀다.
온 힘을 다해 피어난다.

여름꽃 2

여름에도 꽃이 핀다.
쓸모없이 아름답게

온 힘을 다해 피어나는

세상의 모든 여름꽃을 위해

내 작은 화분에

오늘도 물 한 컵 주었다.

(2017. 6. 14. 연재의 테라스. 然在)

쇼 머스트 고 온 *

지난 석 달 간, 여성 몇 명이 모여 '여성과 삶'을 주제로 한 묵독 모임과 낭독 모임을 꾸려왔다. 우리는 버지니아 울프, 잉케보르크 바흐만, 시몬 드 보부와르 등 여성 작가들의 작품을 읽으며 자신을 돌아보는 시간을 갖고 있으며, 글쓰기와 낭독하기 등을 통하여 자기표현 및 소통의 기회로 삼고 있다. 그러던 중 우연히 지인을 통해 "고려대 실천하는 인문학 스터디 모임 지원사업"에 대해 듣게 되었다. 혹시나 우리 모임도 지원받을 수 있지 않을까 해서 지원서를 제출해보았는데 감사하게도 지원사업 대상으로 선정되었다. 사회로부터 이런 금전적인 지원을 받는 것은 마음속에 묵직한 빚을 남기는데, 이런 빚을 지는 것이 부담스럽기는 하지만 자유로이 모임을 만들어 공부를 하려는 사람들에게는 좋은 자극이 되는 것 같다. 행여 읽고 쓰는 것에 대한 열정이 줄어들려고 할 때, 우리를 지원해주었던 사회에 대한 빚을 생각해서라도 마음을 다잡을 수 있을 것이기 때문이다.

얼마 전 영화해설가 이진 선생님의 추천으로 이자벨 위페르 주연의 '다가오는 것들'이란 영화를 보았다. 영화는 시간의 흐름에 따른 인물들의 변화를 차분히 보여준다. 한때는 아름다운 배우였으나 지금은 잦은 자살 시도로 딸과 구급대원들을 포함한 세상의 관심을 끝없이 요구하는 늙고 추해진 어머니, 한때는 학문의 길을 열어준 존경하는 스승이었으나 지금은 실천하지 않는 지식인이라며 선생을 비판하는 청년, 한때는 사랑하여 결혼하였으나 지금은 다른 애인이 있다며 이혼을 요구하는 남편. 나중에 이 남편은 사랑하는 애인이 자기 고향으로 혼자 가버려서 크리스마스를 혼자 보내게 된다. 영화를 보면서 나는 다가오는 것들이란 무엇인지 생각해보았다.

어째서 과거가 나를 풍요롭게 해주었단 말인가? 과거가 나를 만들어준 것이 아니다. 그러기는커녕 바로 나 자신이 나의 잿더미에서 소생하면서 부단히 다시 시작되는 창조를 통해서 나의 기억을 무로부터 건져낸 것이다. (중략) 흔히들 과거가 우리를 앞으로 밀어준다고 말했지만, 나는 미래가 나를 이끌어간다고 확신했다.

(장 폴 사르트르, 말 중)

다가오는 것 그것은 사라지는 것이다. 나는 실존주의자들의 글이 참 좋다. 많은 실존주의자들은 존재의 소멸에 대해 이야기했다. 이들은 존재의 무, 존재의 소멸에 대해 말한 다음, 그럼에도 불구하고 지금 무엇을 할 것인지 묻는다. 읽고 쓰기에 대한 내적인 열망이 우리의 마음속에 있는 것이 사실이기는 하지만 세상의 모든 것이 그러하듯 읽고 쓰는 것에 대한 열정 또한 천천히 소멸해갈 것이다. 또 한가로이 읽고 쓰는 것에 몰입하기에 세상은 너무나 바쁘고 할 일은 많다. 시간이 조금 흐른 어느 날, 어쩌면 우리는 읽거나 쓰기를 도저히 할 수 없다는 온갖 이유를 만들어내고 있을지도 모른다. 읽거나 쓰기를 포기해야겠다는 백 가지도 넘는 이유를 가지게 되는 바로 그 순간, 기억해야 할 글이 있다.

자기를 주체로서 확립하려는 개인의 윤리적 충동과 더불어, 자유를 포기하고 자기를 사물화하려는 유혹 또한 모든 개인에게 존재한다. 하지만 그것은 불행한 길이다. 왜냐하면 수동적이고 소외되고 자기를 상실한 사람은 초월에서 이탈하고 모든 가치를 상실하여, 다른 사람의 의지의 제물이 되어 버리기 때문이다. 그러나 그것은 편안한 길이기도 하다. 그 길에서는 저마다 마땅히 감수해야 할 실존의 고뇌와 긴장을 회피할 수 있기 때문이다.

(시몬 드 보부아르, 제2의 성 중)

바쁘고 할 일도 많은 나에게 읽기와 쓰기를 포기해야 할 합리적인 이유들이 백 가지도 넘겠지만, 그럼에도 불구하고 나에게는 읽고 쓰기를 꼭 해야만 하는 단 한 가지 이유가 있다. 바로 자신을 주체로 확립하겠다는 것, 자유를 포기하지 않고 자신을 사물화시키는 온갖 유혹을 물리치겠다는 것, 바로 그것이다.

교사 생활을 하던 시절, 나는 같은 학년 선생님들끼리 회의할 때 나의 의견을 적극적으로 제시하지 않고 듣는 편이었다. 현장학습을 가는 장소를 정하거나 체육대회, 수학여행 등 중요한 행사를 준비하는 경우, 내 의견을 말하는 것보다 다른 사람들이 의견을 말하면 대체로 그것을 따르는 편이었는데 내가 왜 그랬었는지 시간이 오래 지난 후 그 이유를 생각해보았다. 조직에서 이런 자세를 취하면 다른 사람의 의견을 경청하는 사람, 자기주장이 세지 않은 편한 사람이라는 평을 듣는다. 개인의 뛰어난 능력보다 둥글둥글하게 잘 지내는 구성원을 원하는 조직에서는 이런 평판을 얻는 것이 좋다. 이런 포지션을 취할 때 얻는 또 다른 이점이 있다. 바로 선택에 대한 책임을 지지 않아도 된다는 점이다. 그 시절의 나는 과연 자신을 주체로 확립하려는 존재라고 할 수 있었을까.

주체가 된다는 것, 그것은 자유를 포기하지 않는다는 것이다. 자유로운 존재는 자유로운 선택을 하고 그 선택에 책임을 진다. 선택의 책임을 감당하는 과정에서 마땅히 따라오는 것이 바로 실존의 고뇌와 긴장이다. 내가 피하고 싶었던 것은 바로 그 고뇌와 긴장이었다. 다른 사람의 의지에 기대어 나의 선택을 그에게 맡기면 비록 자유롭지는 않지만, 선택 후에 오는 고뇌나 긴장은 없다. 그런데 불행하게도 이것 또한 나의 선택이고 모든 선택에는 그 결과가 따른다. 나의 의지가 아닌 다른 사람의 의지, 혹은 사회적 관습이나 오래된 습관에 기대어 행동하는 것을 반복하다 보면, 자유를 포기한 것에 마땅히 따르는 '수동적이고 소외되고 자기를 상실한 사람'

이 되어 '다른 사람의 의지의 제물이 되어 버리는' 결과를 감당해야 하는 것이다.

　나에게 있어서 읽고 쓰겠다는 것은 자신을 주체로 확립하고 싶다는 강한 내적 욕망의 또 다른 표현이다. 이것은 내가 사회에게 진묵직한 빚을 갚을 수 있는 가장 좋은 방법이기도 하다. 나를 주체로 확립하기 위한 방법으로 나는 책 읽기와 글쓰기 만한 것이 없다고 생각하지만, 노래와 연기하는 것이 가장 좋다는 나의 작은 딸은 아마도 이 말에 동의하지 않을 것이다. 그 아이는 자신을 주체로 확립하기 위해 유튜브로 화장법을 배우고, 지나간 드라마 시청을 하고, 수시로 노래를 부른다. 또 발바닥에 티눈이 나서 냉동치료를 하면서도 통증을 참아가며 발레 동작인 뿔리에와 아라베스크 연습에 몰입한다.

　자신을 주체로 확립하기 위해 무엇이 가장 자기에게 좋은지 알고 있다면, 이제 그것을 하면 된다. 꾸준한 독서와 사색, 그리고 글쓰기는 자유를 포기하지 않고 자기를 주체로 확립하기 위한 가장 좋은 방법이라는 것에 동의한 우리는 "느리게 읽고 천천히 쓰기"를 하며 자신의 삶에서 주체로 당당히 서 있는지 스스로 물어보고 각성하는 기회로 삼으려고 한다. 우리는 지속적인 인문학 스터디 모임을 통하여 '여성과 실존'을 주제로 문학, 철학, 심리학 등 다양한 영역의 글들을 꾸준히 읽으며 각자의 분야에서 소임을 다하기 위한 인문학적 동력을 얻고자 한다. 앞으로 진행하게 될 48회의 묵독, 12회의 글쓰기 모임을 통해 얻은 사색의 결과물들을 묶어 각자가 자기만의 책으로 펴낸다면 더할 나위 없이 좋을 것이다. 앞으로 "느리게 읽고 천천히 쓰는 모임"은 퍼스널브랜딩 시대에 맞게 1인 출판과 관련한 정보를 나누고 협력하는 모임으로 발전할 수 있을 것으로 기대한다.

 다가오는 것 그것은 사라지는 것이다. 그러나 그럼에도 쇼 머스트 고 온 *

* Show must go on 죽음과의 사투를 벌이던 때에도 무대에서 노래하기를 원한다고 말했다는 프레드 머큐리가 생전에 녹음한 마지막 곡이라고 함.

(2017. 여름. 연재의 테라스. 然在)

관계의 미학 : 친함과 거리둠에 대하여

저녁을 먹는데 티비 뉴스에 각종 숭한 소식들이 나온다. 별별 숭한 소식들이 많았지만, 부모가 자식을 해하고 남친이 여친을 해한다는 뉴스는 차마 입에 담기도 글로 옮기기도 싫을 정도로 숭한 애기들이다. 친하다는 사이 중 가장 친하다고 할 수 있는 그들이 가장 친한 이를 숭하게 해치는 까닭은 대체 무엇일까. 무엇이 우리 인간을 이토록 숭한 동물이 되게 할까 생각하다가 숭한 악행의 근원 대신에 관계의 미덕이라는 좋은 것을 생각하기로 한다. 숭한 걸 파고 들어가 봐야 숭한 것만 나오지 않겠는가 하는 생각에서 그렇다.

나는 관계의 도리에 대한 옛말 중 친함에 대한 '부자유친'과 거리둠에 대한 '부부유별'이란 말을 떠올려본다. 부모 자식 사이만큼 친한 사이가 어디 있을까. 그건 본능이 아닐까. 그런데 옛사람들은 사람이 마땅히 따라야 할 '윤'의 하나로 왜 '부자유친'을 들었을까. 또 부부 사이, 연인 사이만큼 서로 아껴주고 친해야 할 사이에 왜

'부부유별'이란 말을 썼을까. 나는 이 말을 뒤집어봄으로써 관계의 친함과 거리 둠을 생각해본다.

자식은 낳는 순간 타자가 되어버린다. 이상한 욕망 예컨데 타자를 내 것인냥 혹은 나의 확장인냥 생각하지 않는 한 자식도 남인 것이다. 그러나 자식은 부모의 관심과 사랑으로 자라야 하고 부모는 자식의 보호를 필요로 할 때, 즉 늙어가는 때가 온다. 이미 친구가 더 좋은 나이가 되어버린 중딩 딸의 관심 영역에서 나는 이미 아웃 되어버린 듯한 소외를 가끔 느끼는데 괜히 친하게 지내려다가 빈축만 살까 움츠리게 될지도 모를 노후가 걱정이다. 부모 자식 사이가 이런 관계임을 옛사람들은 알고 있었기에 부모 자식간의 마땅한 도리로 친함을 두지 않았을까. 즉 본능적으로 친할 수 없는 사이이기 때문에 친하게 지내라고 한 게 아닐까. 이와 마찬가지의 이치로 본능적으로 너무나 친할 수밖에 없는 부부나 연인 사이에 필요한 것은 오히려 거리 둠이기에 '부부유별'이란 말이 있지 않았을까 하는 생각을 해본다.

중학생들이 배우는 수학 내용 중에 집합에서 공통된 것이 없을 때 '서로소'라고 하고 똑같아질 때 '동치'라고 부른다고 하는 내용이 있다. 관계를 맺고 있는 사이라면 완전한 서로소도 완전한 동치도 없다. 다만 함께 공유하는 영역인 교집합과 공유하지 않는 영역인 차집합이 있을 뿐이다. 교집합이 커질 때 관계의 공감과 안정감은 커지고 차집합이 커질 때 자기는 확장되며 자유로움을 느낀다. 안정과 자유는 관계뿐 아니라 자기의 내면을 지키는 커다란 두 축이기에 어느 것도 소홀히 할 수 없는 부분이다. 서로소가 되어가는 관계에는 친함을, 동치가 되어가는 관계에는 거리를 두라는 말로 다가오는 저 '부자유친'과 '부부유별'을 떠올리며 관계의 역학과 자기의 확장을 잠깐 생각해보았다.

(2016. 봄. 이탈리안레스토랑 J. 然在)

나의 동주 덕후기

염치없게도 눕거나 앉거나 술을 마시며

그를 읽는다.

한 영혼의 고뇌를 이리도 쉽게 들여놓는다.

조절에 실패한 뇌가 비대한 몸을 낳듯

투명하게 맑은 영혼을 허겁지겁 먹었더니

염치없이 비대해진 머리만 남았다.

진정 너의 침묵과 너의 부재는 나의 평화일 수 있겠다.

(연재, 동주 읽기)

3월 한 달 내내 동주 앓이를 하며 보냈다. 영화 동주, 소설 동주, 뮤지컬 동주, 문학관 동주, 청년 동주가 마치 내 연인이기라도 하듯 나는 동주의 흔적을 찾아다녔던 것 같다. 나는 그를 기억하고 추억하는 이들의 조각들을 이리저리 꿰어 맞춰본 후, 사랑스런 우리 청년 동주, 그가 남긴 시를 겨우 용기 내어 마주하기로 한다.

> 하로의 울분을 씻을바 없어 가만히 눈을 감으면 마
> 음속으로 흐르는 소리, 이제 사상이 능금처럼 저절
> 로 익어갑니다.
>
> (윤동주, 돌아와 보는 밤 중)

후쿠오카 감옥에서 지나간 시간을 되돌아봤을 동주, 그는 기막힌 자신의 처지에 슬픔과 울분을 느꼈으나 자신이 걸어온 시간을 되돌리더라도 후쿠오카 감옥이 그의 마지막 자리였다면 다른 선택을 하지 않았을 것이라는 소설 '시인 동주'의 작가 안소영의 해석은 옳다고 본다. 우리 동주는 그런 동주였고 나는 동주 그가 그래서 좋다. 나는 우리 동주님이 키에르케고어도 읽으셨다는 말을 얼핏 들었고 그래서 동주 덕후로서 어려운 저 책, '죽음에 이르는 병'을 읽고 있다. 인왕산 산책할 때 릴케를 들고 다니셨다는데 다음에 인왕산에 갈 때는 말테의 수기를 들고 가야겠다.

(2016. 봄. 이탈리안레스토랑 J. 然在)

부여 신동엽 문학관을 다녀와서

그는 추모되는 기억이 아니라 살아 격돌하는 현재이다.

(신동엽 문학관)

비가 추적추적 오는 토요일 저녁 부여에 갔더랬다. 껍데기는 가라는 말을 남기고 간 신동엽 시인의 생가와 문학관이 있는 작고 조용한 도시 부여. 구드레 나루터에 들러 쌈밥을 먹고 나룻배도 타고 또 분위기 좋은 카페도 갈 생각에 마냥 신이 나 있었다. 신동엽 문학관은 부여에 왔다가 그저 밥만 먹고 놀다 가기 좀 그래서 끼워 넣은 품위 있는 일정 중 하나였을지 모른다. 가벼운 마음으로 찾은 시인의 생가에서 시인의 시 전집과 그를 추모하는 이들의 학회집 창간호까지 무겁게 들고 돌아올 줄은 꿈에도 몰랐었다. 더군다나 그의 시를 무겁게 읽어야겠다는 마음이 들게 될 줄이야. 근현대 시인들에 대한 글을 엮은 책 '시인을 찾아서'에서 신경림 시인은 '민족적 순수와 반외세'라는 압축된 구절로 신동엽의 시 세계를 표현하였다. 한 인간의 삶도 그렇겠지만 한 시인의 시 세계를 어찌 한 줄로 요약할 수 있겠느냐만 우리에게 익히 알려진 그에 대한 평가는 신현림의 표현과 그리 다르지 않을 것 같다.

> 애인아 누나야
> 조선 사람아
> 너는 누구를 위하여 누구에게
> 어제도 오늘도 방아쇠를 당기는 것이냐.
> 삼천리 강토를 침략하는 자 누구냐
>
> (신동엽, 압록강 이남 중)

문학관을 천천히 돌아보던 중 신동엽의 전경인(全耕人) 사상에 대한 전시물들이 눈에 들어왔다. 노트에 그림을 그려가며 적어놓은 시인의 메모들을 보며 갑자기 전경인(全耕人) 사상에 대한 궁금증이 일었다. 마침 그를 추모하는 이들이 만든 신동엽 학회에서 펴낸 학회집 제목도 전경인(全耕人) 어문연구였다. 전경인(全耕人)이라는 다소 생소한 사상. 어쩌면 세간의 평가와는 다른, 널리 알려지지 않은 그의 시 세계가 있을 것이며, 그것은 아마도 그를 아끼고 사랑하는 사람들의 연구에 의해 이미 밝혀진 것이리라. 나는 그를 모른다는 고백으로부터 이 글은 다시 시작되어야 한다. 새로운 앎 앞에 서 있을 때 느끼는 설렘은 내가 알지 못하는 미지의 세계에 대한 동경과 다르지 않다. 나는 어둔 곳에서 사물을 더듬어 방 안의 전경을 마음속에 그려보듯이 그의 시를 한 편 한 편 읽어가기로 마음먹는다.

> 아침저녁
> 네 머리 위 쇠항아릴 찢고
> 티 없이 맑은 구원(久遠)의 하늘
> 마실 수 있는 사람은
> 연민을 알리라
> 차마 삼가서
> 발걸음도 조심
> 마음 아무리며.
>
> (신동엽, 누가 하늘을 보았다 하는가 중)

경건한 시인의 잠언을 읽으며 나는 결코 하늘을 보았다 말하지 않겠다고 마음먹는다. 하늘을 보았다고 말 할 수 있는 사람이 가진 것, 그것은 영원에 대한 외경이요, 세상에 대한 연민이었다. 외경과 연민이 없는 사람은 결코 하늘을 보았다고 말하면 안 되는 것이다. 나는 하늘을 보지 못하였다. 당신은 하늘을 보았는가. 엄숙한 세상을 서럽게 눈물 흘려 살아간 그는 아마도 하늘을 보았었는가 보다. 그의 시가, 살아 격돌하는 현재가 되어 내 마음에 작은 파란을 일으킨다.

(2017. 여름. 연재의 테라스. 然在)

해어화(解語花)에서 지음(知音)으로

해어화란 말을 알아듣는 꽃이라는 뜻으로 당 현종이 양귀비를 보고 칭한데서 유래한 말로 시, 노래, 그림에 능했던 기생을 말한다고 한다.

이야기는 조선 정가에 능하고 미색을 갖춘 소율이라는 기생이 겪는 사랑의 아픔에 대한 것이다. 윤우라는 남자의 사랑을 받았던 소율은 그 사랑이 친구 연희에게로 넘어가는 것에 분노하고 복수하는 것으로 전개된다. 어찌 보면 너무나도 상투적인 이야기일 수 있으나 사랑 이야기 중 상투적이지 않은 것이 없다는 것을 보면 사랑 이야기의 '상투성'은 사랑이 본성적으로 가지고 있는 '필연성' 때문은 아닌지 생각해보게 한다. 어찌하여 사랑이 변하는가, 이건 사랑의 어떤 본성 때문인가 생각하여 본다는 건 감정의 변덕스러움에 소모되지 않으면서 냉정히 사랑이 진행되어가는 과정을 통찰해내고 싶은 나의 또 다른 욕망의 투영이기도 하다.

어떻든 나는 배신당한 소율에게 공감하고 '윤우 이 나쁜 놈' 하는

등의 감정을 싣는 대신, 왜 윤우가 소율의 친구 연희에게 마음이 갔을지 따져보기로 한다. 그것이 오히려 사랑에 대한 내 인식을 확장시켜 줄 것이라 여겨지기 때문이다. 사랑의 이치를 조금 더 알게 된다면 사랑에 속았다고 탄식하는 대신 사랑의 필연적 전개를 관조할 수 있지 않겠는가. 내 마음의 작은 평화가 세상을 구원하는 것이라는 소박한 진리에 나는 마음을 두기로 한다.

윤우는 일본에서 유학하고 온, 신식 음악을 아는 유행가 작곡가이다. 그는 조선의 백성들 누구나 흥얼흥얼 따라 부를 수 있는, 조선의 마음을 담은 노래를 만들고 싶은 꿈이 있다. 그 또한 기생의 아들이기에 어려서부터 기생 수업을 받고 자란 소율을 가까이에서 지켜보고 오라버니이자 연인으로서 소율을 사랑한다. 그는 지체 높으신 남자들의 놀음에 불려가 정가를 부르는 기생 소율이 언젠가는 '조선의 마음'을 불러주기를 바라고 소율 또한 그의 노래를 부르기를 간절히 소망하게 된다.

이들의 소망과는 다르게 이야기는 예기치 못한 방향으로 흘러간다. 우연히 소율의 단짝 동무 연희가 노래하는 것을 듣게 된 윤우가 연희의 목소리에 놀라워하며 자신이 작곡한 노래를 불러주기를 제안한다. 연희 또한 기생 수업을 받고 자란 사람이어서 정가가 아닌 유행가를 부르는 것에 대해 거부감을 가지고 있어 거절하나 윤우의 '네가 원하든 원하지 않든 넌 만두장사꾼이든 인력거꾼이든 하다못해 거지들까지도 가져야 하는 그런 목소리를 가진 거야. 그런 목소리가 조선의 마음이 되어야 하는 거라고.' 하는 말에 마음을 열게 된다.

이후 연희와 윤우는 서로에게 지음, 즉 '내 소리를 알아주는 사람의 관계'가 되고 자연스레 '세상에 너만 있으면 된다'는 연인의 관계로 발전하게 된다. 지음의 관계가 만들어낸 그들의 세계에는 '우정'도 옛 연인에 대한 '신의'도 들어설 자리가 없는 것이다.

소율에게 남은 것은 연희처럼 가수가 되어 윤우의 노래를 부르고 싶은 욕망과 그들에 대한 복수의 감정 뿐이다. 그녀가 사랑에 절망하고 선택한 '창녀'의 길과 '복수'의 길이 그녀 자신을 통속적인 치정극의 주인공이자 연출가로 이끌어간 것이 안타깝기는 하지만 사랑과 우정의 배신에 따르는 분노와 고통 앞에서 어쩔 수 없는 건 어쩔 수 없다는 걸 받아들이고 고매하게 자기 길을 걸어갈 수 있는 사람이 과연 몇이나 될까 하는 생각도 든다.

그러나 나는 이 이야기의 마지막에서 비로소 소율이 그녀의 소망을 이뤘음을 본다. 윤우는 소율에게 '너를 사랑하지 않는다'는 자신의 진심을 담아 쓴 편지와 함께 '사랑, 거짓말이'라는 노래를 만들어준다. 그가 달리는 기차에 몸을 던지기 직전에 만든 곡이니 그의 생전 마지막 곡이기도 한 그 노래를 소율은 자신만의 창법으로 노래한다. 몇 번을 들어보았는데 곡도 아름답고 노래하는 그녀의 목소리도 아름답다.

만약 그것이 사랑이라면 사랑은 아름다운 것을 만들어낸다. 소율은 마지막에 그 말이 진리임을, 그리고 그 마음이 사랑이었음을 보여주었다.

(2016. 봄. 이탈리안레스토랑 J. 然在)

뮤지컬 맘마미아를 보고

───────────────────────────────

　뮤지컬 맘마미아는 자신의 결혼식에 맞춰 아버지를 찾는 것으로 자신의 정체성을 찾으려는 딸 소피와 스무 해 동안 딸 소피를 홀로 길러낸 싱글맘 도나의 이야기이다. 과거 언젠가 읽었던 문학 작품을 다시 읽게 되는 경우, 공감하는 인물이 달라지고 감동하거나 주목하는 부분이 달라지는 것처럼, 2016년 봄, 다시 보게 된 뮤지컬 맘마미아도 그러했다. 약 십 년 전, 서른에 가까웠던 나이에 보았던 맘마미아는 딱히 공감할만한 인물도 없었고 그저 귀에 익은 아바의 음악이 좋았던 뮤지컬이었다. 마흔 그리고 몇 해를 더 살아온 중년의 나이에 이른 지금, 나는 내가 자연스레, 호텔을 운영하며 홀로 딸을 키운 엄마 도나와 그 역할을 훌륭히 연기한 배우 신영숙에 주목하고 있음을 발견하였다.

　이십 년 전 도나를 떠났던 연인 샘이 소피가 엄마 몰래 보낸 초대장을 받고 다시는 오지 않으리라 마음먹었던, 도나의 섬으로 오게 된다. 그는 도나가 일군 호텔을 보며 "오! 이건 내 꿈이었어."

라고 외친다. 그러나 그녀에게 있어 지중해 아름다운 섬의 그림 같은 호텔은 벗어날 수 없는 노동의 현장이며 또 그녀에게는 오직 노동을 통해서만 갚을 수 있는 주택부금 대출이라는 현실이 있다. 독신 작가로 자유로이 사는 친구 로지나 부자들과의 몇 번의 결혼과 이혼을 통해 막대한 부를 쌓은 친구 타냐와는 다르게 도나는 싱글맘이라는 삶을 받아들이고, 사회적 편견과 경제적 궁핍을 견뎌가며 딸 소피를 예쁘게 길러낸다. 그녀의 옛 연인들이 '세월도 도나를 비켜가나봐' 하며 '또 보니까 좋아지네' 노래하듯 그녀는 여전히 아름답다. 과거에 무대에서 노래하고 춤추던 댄싱퀸의 성성하고 발랄한 아름다움과는 다른 무언가가 그녀에게서 발견된다. 그것은 주어진 삶의 무게를 견뎌내고 이겨낸 인간에게서 나오는 강인함이다. 그녀는 호텔에서 일하는 청년들에게 호통을 치기도 하고 손수 드릴을 잡고 호텔 이곳저곳을 수리하기도 한다.

이처럼 자신의 삶을 당당하게 일군 싱글맘 도나는 빛나는 나이인 스무 살 소피가 왜 결혼이라는 무덤으로 들어가려 하는지 도무지 이해하지 못한다. 아버지의 부재가 딸에게 어떤 상처였는지 모르는 엄마에게 소피는 '나는 혼자서 아빠 없는 아이를 낳아 기르지는 않을거'라며 엄마 가슴에 대못을 박고 둘의 갈등은 최고조에 이른다. 도나가 강인한 엄마의 삶에서 자기 자신의 삶에 귀 기울이게 되는 명장면을 떠올려본다. 소피의 결혼식 날 아침, 소피의 머리를 빗겨주며 노래하는 장면에서 울컥하지 않을 엄마는 아마 없을 것이다. 소피는 "엄마, 난 정말 엄마가 자랑스러워요. 엄마가 제 손을 잡고 들어가 주실래요?"라고 말하며 오랫동안 그녀를 괴롭혀왔던 아버지의 부재로 인한 상처, 싱글맘 엄마에 대한 원망을 걷어낸다. 아기 새가 나는 법을 배워 날기 시작하면 어미 새는 빈 둥지에 홀로 남는다. 날아오르는 딸의 비상을 흐뭇하게 바라보며 홀로 남은 도나에게 옛 연인 샘이 다가온다. 도나는 이십 년 전 자신을 버리고 간 옛 연인에게 마음 속 원망을 속 시원히 털어낸다.

딸 소피는 결혼이 아닌 더 큰 세계로 나가기 위해 섬을 떠나고 옛 연인 샘은 섬으로 돌아와 그들이 젊은 시절 이루지 못했던 사랑을 이어가게 되는 훈훈한 결말로 뮤지컬 맘마미아는 막을 내린다. 자신에게 주어진 삶의 고된 짐을 피하지 않고 기꺼이 견뎌낸 도나가 마땅히 받아야 하는 보상, 그것이 사랑이라는 것에 대해 그 누가 이견을 제기할 수 있을까.

도나 역을 맡았던 신영숙 배우. 내가 그녀의 독특하고 카랑카랑한 고음을 불편해하지 않고 도나에 빠져들 수 있었던 건 맡은 역할에 집중하고 감정선을 유지할 수 있는 신영숙 배우의 내공 덕분이 아니었나 싶다. 작년엔 우연히도 신영숙 배우를 많이 만났다. 그녀는 팬텀의 카를로타, 명성황후의 명성황후, 레베카의 댄버스 부인을 거쳐 이번에는 맘마미아의 도나로 우리 앞에 섰다. 처음에는 신영숙 배우의 도나 캐스팅에 반신반의했으나 그녀는 역시 배우였다. 그녀는 최정원 배우가 만들어낸 도나의 익숙함과는 또 다른 매력으로 도나를 연기했다. 도나가 자신에게 주어진 싱글맘을 훌륭하게 수행해냈듯이 신영숙 배우는 시종일관 그녀가 도나라는 사실을 잊지 않고 역할에 몰입했다. 그 전에 그녀가 연기한 수많은 배역은 물론 신영숙 자신의 이름을 잊은 듯 보였다. 그녀는 최고의 도나는 아니었지만 최선의 도나였다.

중년의 우리에겐 수많은 역할이 있다. 누군가의 딸, 누군가의 와이프, 누군가의 엄마, 또 그 외 사회적 관계들 속의 역할들. 내가 가졌던 수많은 페르소나들을 떠올려본다. 나로 하여금 1인 쉐프 레스토랑의 고된 노동을 기꺼이 선택하게 하고 견디게 해주는 엄마의 길을 감사히 바라본다. 삶의 무거운 짐을 피하지 않고 걸어갔던 도나에게 사랑의 보상이 결말처럼 주어졌던 것과는 조금 다르게 나는 내 삶의 무대에서 바라는 것이 있다. 딸들이 제 갈 길을 찾아가고 나에게서 엄마라는 묵직한 배역이 걷혀지는 그때, 나는 나 자신이 누구인지 잊지 않고 있는 결말이기를 바란다. 사랑은 고단한 길 함께 걸으며 우리 자신이 누구인지 잊지 않도록 지켜주는 현재진행형이기를.

(2016. 봄. 이탈리안레스토랑 J. 然在)

영화 크로닉(chronic)을 보고

모든 죽어가는 것을
모든 죽어가는 것을
모든 죽어가는 것을

사랑해야지
사랑해야지
사랑해야지

(연재, 영화 크로닉chronic을 보고)

 chronic 1. 특히 병이 만성적인 2. 만성 질환을 앓고 있
는 3. 지극히 안 좋은

환하게 좋은 봄날 영화 크로닉을 보러 갔다. 환한 햇빛이 좋았지만 미세 먼지 가득한 공기는 마치 영화 제목처럼 만성적인 병을 앓고 있는 듯하다. 깨끗하고 맑은 공기 속에서 반짝이는 햇빛이었으면 더 좋았겠지만 완벽하게 좋은 것이 이 삶에 어디 있던가. 삶의 진실에 더 가까운 이 만성적 결함을 결함이 아닌 진실로 받아들이며 따뜻한 공기에 몸과 마음을 활짝 열어본다.

　영화는 지극히 안 좋은 주제인 '죽음'을 다루고 있다. 살아있는 생명에게 죽음은 늘 붙어있는 어찌 보면 동전의 양면처럼 참 가까운 것이지만 '죽음'이라는 것은 의식에 떠올리고 싶지 않은 주제이기도 하다. 마치 나는 절대로 죽지 않을 것처럼 오늘을 살고 있는지도 모른다.

　죽음을 목전에 둔 사람이 가장 가까운 가족이더라도 그가 경험하고 있는 죽음의 과정에 동참하기란 얼마나 어려운 일인가. 그런데 가족도 꺼리는 죽음의 과정에 기꺼이 동참하고 있는 주인공은 대체 어떤 동기와 이유로 그럴 수 있을까. 왜 그는 죽음이 꺼려지지도 않는다는 듯이 그들의 죽음에 동참하는 것일까. 그것이 아들을 안락사 시킬 수밖에 없었던 주인공의 과거 경험에서 가능한 것일 수 있겠다고 유추할 수도 있지만 어떻든 주인공은 죽음을 목전에 둔 환자들에게 무언가 독특한 방식으로 헌신적이다.

　나는 주인공의 행동을 롱테이크로 무심히 보여준 감독의 시선을 떠올려본다. 그는 에이즈 말기인 여자 환자의 몸을 정성껏 닦아주고 옷을 입혀주고 자신에게 기대어 걷게 해준다. 또 그는 몸을 가눌 수 없으면서도 여전히 성적 욕망을 버리지 못한 노인 환자가 즐겨보는 포르노를 함께 감상해준다. 또 그는 딸들에게 짐이 되고 싶지 않은 여자 노인의 바람대로 그녀를 안락사시킨다. 이러한 그의 모든 행동들은 지극히 친절한데 또 지극히 무심하다. 그에게서는 죽음에 다다른 이들에 대한 호들갑스러운 동정도 비통한 슬픔도 느껴지지 않는다. 그에게는 그저 한 생명이 당면하고 있는 죽음을 직시하는 무심한 시선만이 있을 뿐이다. 어쩌면 죽음을 앞둔 환자들에게 필요한 것은 값싼 동정이 아니라, 그들의 죽음을 그들이 원하는 방식으로 받아들여주는 그의 무심한 행동과 시선이었는지도 모르겠다. 순간을 무심하게 산다는 것은 역설적으로 순간을 더 깊이 살아가는 것일 수 있다. 그렇다면 그런 무심은 어디에서 나오는 힘일까. 죽음이라는 것을 비극적 결말이 아닌 누구나 거쳐야 하는 삶의 당연한 결말로 받아들일 수 있다면 그것에 대해 그리 무심하게 관조할 수 있을까. 평소의 습관대로 무심하게 달리던 그가 차에 받혀 갑작스러운 죽음을 맞닥뜨리는 영화의 무심한 결말처럼 예정된 죽음이든 우연한 죽음이든 죽음이라는 결말을 인식하고 사는 사람의 행동은 다를 수 있겠다.

나는 무슨 정열에 한창 쏠려 있는 중에도, 장차 배반하리
라는 즐거운 예감을 느끼면서 벌써 자신을 배반한다.
(장 폴 사르트르, 말 중)

순간을 살게 하는 것은 과거의 내가 아니라 미래의 나라고 했던 사르트르의 말을 떠올린다. 나는 사르트르의 글을 읽으며 언젠가

죽음과 시간에 대한 글을 쓸 때가 올 것이라 생각했고 그 미래의 나에 대한 인식이 나를 죽음에 대한 글쓰기로 이끌었다. 순간을 살아간다는 것은 미래의 내가 끝없이 과거의 나를 배반하며 살아가는 것이라는 빛나는 그의 사유가 죽음에 대한 인식 속에서 나를 순간에 무심히 존재하도록 이끌기를 바래본다.

(2016. 봄. 이탈리안레스토랑 J. 然在)

소크라테스의 변론 읽기의 불편함

　너무 맑고 곧아서 그 앞에 서기 두려운 사람처럼 감히 다시 펼치기 두려운 책이 있다. 플라톤의 대화편 중 '소크라테스의 변론'이 그렇고 플라톤의 글을 통해 전해지는 소크라테스가 그렇다. 살아서 진리와 신 앞에 겸손했고 대화를 통한 진리 탐구에 철저했으며 죽음을 목전에 두고서도 진리와 양심 앞에 당당했던 소크라테스. 그 맑은 거울 앞에 선다는 것은 내가 나를 돌아본다는 것을 의미한다. 그러나 나를 돌아본다는 성찰의 행위마저도 내가 나를 돌아보는 철저함의 정도만큼 느껴지는 불편함이 있기에 어떤 때에는 새파란 칼끝으로 또 어떤 때에는 무딘 칼등으로 나를 겨누고 있다고 고백하지 않을 수 없다. 특히 글을 쓰는 행위 앞의 나는 나를 돌아보는 도구로 글을 쓴다기보다 나를 더욱 그럴듯하게 포장하는 도구로 글을 쓰고 있는지 모른다는 것도. 이런 이유로 나는 소크라테스라는 이름을 다소 묵직한 마음으로 대하고 있다. 철저한 만큼 또 무딘 만큼 내가 감당해야 하는 불편함과 또 내가 진정 좋은 것을

얻을 수 있다는 희망 혹은 영원히 그것을 가지지 못할 것이라는
불안을 가지고 말이다.

　　아마도 그들은 자신들이 아는 척하지만, 사실은 아는 것이
　아무 것도 없다는 진실을 시인하기가 싫은가 봅니다.
　　　　　　　　　　　　　　(플라톤, 소크라테스의 변론 중)

　가장 지혜로운 자가 소크라테스라는 델포이 신탁을 증명하기 위
해, 그 일을 신이 자신에게 준 소명이라 여기며 시장에서 사람들을
만나 그들이 안다고 믿고 있는 것에 대해 실은 아는 것이 아님을
일깨워주는 일로 평생을 보낸 소크라테스. 그가 세상에서 가장 지
혜로운 자일 수 있었던 이유는 그가 알고 있지 못하다는 것을 안
다는 사실 때문이었다. 과학의 눈부신 발전에 힘입어 우리는 소크
라테스가 살던 시대에 비해 분명 더 많은 지식을 가지고 있다. 그
럼에도 우리가 알고 있다고 믿는 것이 실은 아는 것이 아니라고
할 소크라테스의 주장이 아직도 우리 삶에 유의미한 이유는 무엇
인가. 대체 우리가 알고 있지 못하다는 영역의 지식은 무엇인가.
그것은 분명 사물의 이름, 쓰임 등 우리가 일상생활에서 살아가는
데 필요한 도구적 지식을 뜻하는 것은 아닐 것이다. 우리는 어떻게
돈을 벌고 어떻게 출세를 하며 어떻게 성공할 수 있는지 너무도
잘 알고 있기 때문에 '어떻게 살 것인가'라는 질문에 대한 답을 잘
알고 있다고 믿고 있는지 모른다. 인생의 질문에 대해 이토록 확실
한 답을 가진 우리에게 소크라테스는 아마도 이런 질문을 던지지

않을까. '어떻게 사는 것이 잘 사는 것인가'

> 이제는 헤어질 시간이 되었습니다. 나는 죽으러 가고, 여러
> 분은 살러 갈 것입니다. 그러나 우리 중에서 어느 쪽이 더
> 나은 운명을 향해 가는지는, 신 말고는 아무도 모릅니다.
>
> (플라톤, 소크라테스의 변론 중)

옳은 신념, 그것을 가지고 사는 것도 어렵지만 그것을 지키며 죽
는 것이란 얼마나 어려운 일인가. 잘 죽는 것이 곧 잘 사는 것임
을 소크라테스는 죽음에 임박하여 죽음을 대하는 태도로 잘 보여
주었다. 그는 신의 영역에 속한 것, 가령, 진리, 사랑과 같은 것들
이 가장 좋은 것이라 믿고 있었고 그 좋은 것들을 세상의 돈, 명
예, 출세, 성공과 같은 허무한 것에 내어주지 않았다. 육신의 생명
마저도 진리 앞에선 부질없는 것이라 믿은 그의 철저한 신념 앞에
온전히 귀 기울이지 못하는 이 불편함은 어찌한단 말인가. 이 불편
함이 그를 죽인 것임을 나는 알고 있다.

(2014. 겨울. 이탈리안레스토랑 J. 然在)

사랑과 존재의 변형

　인생에서 사람을 변화시킬 수 있는 가장 강력한 경험은 무엇일까? 사람은 세상의 온갖 사물, 사람과의 경험을 통하여 다양한 지식을 쌓고 다양한 감정을 느끼면서 인식이 확장되고 성격을 형성하지만 그 중에서도 존재의 변형을 가져오는 경험은 사랑의 경험이 아닐까 한다. 일찍이 톨스토이가 그의 책 '사람은 무엇으로 사는가'에서 사람을 살아가게 하는 힘은 '사랑'임을 보여주었듯이 사람은 사랑을 통해 태어나고 사랑을 통해 살아가며 사랑을 통해 거듭난다. 플라톤은 '향연'에서 에로스가 육체적 사랑에서 시작되어 아름다움 자체를 관조하게 되는 과정으로 발전된다고 하였다. 또한 키에르케고어는 '사랑의 역사'에서 육체적 사랑, 친애적 사랑과는 다른 이웃 사랑에 대해 말하였다. 여기에서는 플라톤과 키에르케고어가 말한 사랑을 존재의 변형이라는 측면에서 비교해보고자 한다.

1. 플라톤 '향연'에 나타난 에로스와 존재의 변형

플라톤은 향연에서 에로스는 아름다움에 대한 갈망이라고 하였다. 아름다움 자체에 비하면 우리 인간은 아름답지 못하므로 결핍된 존재인 인간은 아름다움을 갈망할 수밖에 없다. 인간이 아름다움을 갈망하는 이유 즉, 인간이 사랑하는 이유에 대해 플라톤은 디오티마의 입의 빌려 다음과 같이 말하고 있다.

> 사랑은 좋은 것을 영원히 자기 자신의 것으로서 가지기를 원하는 것입니다. ..중략.. 모든 사람은 육체로나 정신으로 임신하고 있는 것이예요. 그리고 때가 이르면 우리의 본성은 자식 보기를 욕구하는 것이에요. 그러나 추한 것 속에서 자식을 낳을 수는 없고 오직 아름다운 것 속에서만 자식을 낳을 수 있는 것이에요. ..중략.. 오오 소크라테스, 사랑이란 것이, 당신이 생각하듯 그저 아름다운 것에로 향하는 것이 아닌 때문입니다. 그것은 아름다운 것 속에서 출생하고 자식을 낳기 위해 있는 겁니다. ..중략.. 사랑이라는 것이 자신에게 좋은 것을 영원히 소유하려 하는 것이라면 사랑은 불사를 위해 있는 것입니다.
>
> (플라톤, 향연 중)

플라톤에 의하면 동물을 포함한 인간과 같은 가사적인 존재의 본성은 불사적인 것과 영원한 것을 원하며 그것은 출산에 의해 가능하다. 출산은 낡고 늙은 것 대신에 새롭고 젊은 것을 남겨두고 가는 것이며 이것은 생명체 하나하나가 자기 동일성을 유지하며 살아가는 것과 같다. 신체적으로나 정신적으로나 그대로 있는 것은 아무 것도 없으며 낡은 것이 없어지고 새로운 것이 생기게 됨으로써 가사적인 것이 보존된다. 이것은 가사적인 존재가 신적인 존재와는 다른 방식으로 불사에 참여하는 것이며 불사야말로 사랑이 추구하는 것이다.

 불사에 참여하는 방식은 사람마다 각각 다르다. 육체적인 생식력이 있는 사람은 아름다운 여자에게로 향하여 애욕을 불태워 자식을 낳아 불사를 영원히 확보하려 하지만 정신적인 생식력이 있는 사람은 정신이 잉태하고 출산하기에 합당한 것에로 향한다. 즉, 정신에 어울리는 예지와 덕을 잉태하기 위하여 아름답고 고상한 영혼에게로 향하고 그 결과 두 사람은 육신의 자식들이 있는 경우보다도 훨씬 더 밀접하게 사귀며 더 굳은 우정을 가지게 된다.

 사랑이 아름다움에 대한 갈망이고 이를 통해 얻고자 하는 것이 영원하고 불사적인 것이며 그 방식이 사람의 특성에 따라 다른 것이라면 사랑의 방식은 존재의 역량에 따른 것이라고 할 수 있을 것이다. 플라톤은 에로스의 변형을 사랑의 비의(秘意)라고 하며 육체에 대한 사랑으로부터 시작되는 에로스의 첫 단계에 대해 다음과 같이 말한다.

　올바른 길로 나아가는 자는 반드시 이 일을 어려서부터 시작해야 하며, 또 아름다운 육체로 접근해야 하는 것입니다. 한 육체를 사랑하며 거기서 아름다운 언설을 낳아야 합니다. 그 다음엔 한 육체의 아름다움이 다른 육체의 아름다움과 비슷하다는 것과, 또 아름다움을 본질에서 추구하고 보면 모든 육체의 아름다움이 결국 동일한 한 가지라는 것임을 믿지 않는 것이 크게 어리석은 일이라는 것에 주의해야 합니다.

(플라톤, 향연 중)

플라톤은 모든 육체의 아름다움이 같은 것임을 알게 되면 한 육체에 대해서 가볍게 생각해야 하고 한 육체에 대한 강렬한 정욕에서 해방되어야 한다고 한다. 또한 정신의 아름다움이 육체의 아름다움보다 더 소중하다는 것을 믿지 않으면 안 된다고 한다. 육체적 아름다움에 대한 갈망에서 정신적 아름다움에 대한 갈망으로 가는 과정이 필연적인 것이 아니라 당위적으로 '그래야 한다'는 표현을 쓴 것을 보면 육체적 아름다움에 대한 갈망에서 벗어나 정신적 아름다움을 갈망하는 단계로 가는 것이 인간의 본성과 경향성에 반하는, 의지가 담긴 것이며 존재적 변형을 거치지 않고는 갈 수 없는 것임을 알 수 있다. 존재적 변형을 거치지 않으면 인간은 늘 똑같은 수준의 에로스만을 탐닉하게 되는 것이다. 플라톤이 에로스의 사다리라고 설명한 것을 더 살펴보면 다음과 같다.

이 세상의 개개의 아름다운 것들로부터 출발하여, 저 아름다움을 향하여 위로 올라가되 마치 사다리를 올라가듯 하나의 아름다운 육체로부터 두 개의 아름다운 육체로, 또 둘에

서 모든 아름다운 육체로 나아가고, 활동에서 아름다운 학
문으로 나아가고, 그리고 마지막으로 저 아름다움 자체만을
아는 것인 완전한 학문으로 나아가, 마침내 아름다움의 완
성체를 알 수 있게 될 수 있는 것입니다. 인생은 여기 이르
러 그리고 여기에서만, 아름다움 자체를 바라봄으로써만 살
가치가 있는 것입니다.

(플라톤, 향연 중)

 에로스의 사다리를 가능하게 하는 존재의 변형은 어떤 과정을 거
치게 되는 것일까? 플라톤은 더 큰 아름다움을 알게 되면 그 전에
갈망했던 아름다움을 더 이상 갈망하지 않는다고 본다. 즉, 존재의
변형은 앎을 통해 가능한 것이다. 플라톤은 아름다움의 큰 바다로
나아가 그 바다를 바라보는 가운데 풍부한 애지심(愛知心)에서 많
은 아름답고 숭고한 언설과 사상을 낳아 마침내 이런 가운데서 힘
을 얻고 성장하여 아름다움의 지식을 터득해야 한다고 한다. 아름
다운 것들을 올바른 순서로 추구하며 인도되어 온 사람이 궁극적
으로 알게 되는 아름다움은 어떤 것일까? 플라톤은 에로스가 궁극
적으로 추구하여 도달하게 아름다움 자체는 영구한 것이며 언제
어디에서나 아름다운 것이라고 한다. 또한 아름다움 자체를 관조하
게 되면 그것과 함께 덕의 그림자가 아닌 덕 자체를 산출할 수 있
다고 한다. 결국 에로스가 추구하는 것은 아름다움 그 자체이며 그
것을 통해 산출하려 하는 것은 참된 덕 그 자체인 것이다. 이렇게
진정한 덕을 산출하고 그것을 길러내게 되면, 그는 신의 사랑을 받

는 자가 되며, 이 사람이야말로 불사하게 된다는 것이다.

그렇다면 존재의 변형을 가져오게 하는 에로스의 사다리는 어떻게 해서 가능한 것일까? 플라톤은 이에 대해 향연의 마지막 연설자로 등장시킨 알키비아데스를 통하여 말한다. 알키비아데스는 에로스를 찬양하는 연설 대신에 소크라테스를 찬양하는 연설을 하며 에로스의 발전단계 중 육체적 사랑에서 정신적 사랑으로 이행 가능성에 대해 자신의 경험을 통해 독자들에게 간접 전달한다. 소크라테스는 실레노스에 비교될 만큼 흉한 외모를 지녔으나 알키비아데스를 포함한 많은 젊은이들이 그의 정신을 사랑하였으며 그가 젊은이들로부터 사랑받을만한 정신적 아름다움을 지녔음을 그의 연설을 통해 알 수 있다. 알키비아데스는 소크라테스에 대해 이렇게 말한다.

나는 이 세상에서 만나볼 수 있으리라고는 기대조차 안 했던 지혜와 극기의 사람을 정말 만난 것입니다.

(플라톤, 향연 중)

알키비아데스가 증언한 소크라테스는 아름다운 육체를 지닌 청년을 돌같이 보고, 전장에서는 맨발로 얼음 위를 의연하게 걸어 다니며 추위를 견뎌냈으며, 전투 중에 전우를 구조한 공훈에 포상받기를 거절하고, 퇴각 중에도 공포에 떨지 않고 오연한 걸음걸이로 태연하게 걸어가며 자신을 방어하는 모습을 보였다. 아마도 이 모든 소크라테스에 관한 기억들이 알키비아데스의 마음을 울렸을 것이다. 소크라테스는 대화를 통하여 수많은 젊은이들에게 지와 덕을 추구하는 삶의 아름다움을 가르쳤다. 그러나 그의 가르침이 공허하지 않았던 것은 그의 삶 자체가 그의 말과 다르지 않았기 때문일 것이다. 그는 삶으로써 가르침을 간접 전달한 것이다.

에로스는 아름다움에 대한 갈망이며 이것은 존재가 지닌 역량에 따라 각기 다른 차원으로 나타난다. 에로스가 육체적 아름다움에 대한 갈망에서 시작하여 정신적 아름다움으로 이행하려면 존재의 변형을 거쳐야 가능한 것이다. 존재의 변형은 육체적 아름다움보다 정신적 아름다움이 더 큰 것임을 알게 되는 결정적인 경험을 통해서 가능해지며 이때의 경험은 언어를 통한 직접적 전달에 의한 것보다 삶을 통한 간접적 전달을 통해서 이루어진다.

2. 키에르케고어의 '사랑의 역사'에 나타난 사랑과 존재의 변형

키에르케고어는 '사랑의 역사'에서 사랑은 그 열매를 보고 알 수 있다고 하였다. 사람이 삶을 살아가는 모습 그 자체를 열매라고 한다면 그는 그의 삶을 통해 그 자신이 경험한 사랑이 어떤 것이었는지 보여줄 수 있을 것이다. 이처럼 사랑이 존재를 변화시키는 강력한 힘이라면 사랑은 존재를 어떻게 변화시킬 수 있을까? 키에르케고어가 '사랑의 역사'에서 말한 사랑은 어떤 것이며 사랑을 가능하게 하는 존재의 변형은 무엇인지 살펴보자.

사랑 속에서 살고 있는 자만이 사랑을 인지할 수 있다.
(키에르케고어, 사랑의 역사 중)

키에르케고어는 사랑과 관련하여 사람들이 가지고 있는 두려움인 '사랑에 속는다'는 것에 관하여 숨겨진 사랑은 사랑의 열매로써 알아볼 수 있는 것이지만 사랑의 열매가 진실한 것인지 분별하려 하지 말고 오직 '믿으라'고 한다. 속는다는 것에는 두 가지가 있다. 첫째, 거짓인데 진실인 것으로 믿었다가 속는 것이다. 둘째, 진실인데 거짓이라고 믿었다가 속는 것이다. 대체로 사람들이 속지 않으려고 하는 것은 첫 번째 것이다. 두 번째 것의 속임에 대해서는 별로 걱정하지 않는다. 그러나 사랑과 관련하여 우리가 걱정해야 하는 '속임'은 바로 두 번째의 속임이라고 키에르케고어는 말한다. 진실이라고 믿었던 사랑이 거짓이더라도 그는 사랑 안에서 속은 것이다. 그러나 사랑이 거짓이라는 것을 믿고 진실로부터 눈을 돌린다면 그는 사랑 밖에서 절망하고 있는 것이며 이것이야말로 그가 가장 두려워해야 하는 것이다. 사랑은 어떤 사물을 있는 그대로보다 더 아름답게 보게 한다. 다른 사람과의 관계에서 있는 그대로보다 더욱 아름답게 볼 수 있을 만큼 풍요한 사랑을 하고 있다면, 그것은 아름답고 고상하고 거룩한 사랑의 열매가 될 것이다. 그러므로 사랑을 믿는 것은 사랑을 불신하는 것보다 더 큰 축복이다.

그대 자신처럼 이웃을 사랑하라

사랑과 관련한 그리스도교의 유일한 계명은 "네 이웃을 네 몸같이 사랑하라"는 것이다. 사랑이 명령이자 의무인 것에 대하여 키에르케고어는 "사랑하는 것이 의무일 때에만, 오로지 그 때만 사랑은 영원히 안전하다. 영원한 것이 부여하는 이 보장이야말로 모든 불안을 축출하고, 사랑을 완전하게 만들며, 완전히 안전을 보장한다. 왜냐하면, 다만 실재할 뿐인 직접적인 사랑 속에는, 그것이 아무리 신빙할 만한 것이라 해도 거기에는 여전히 불안이 도사리고 있고, 변화의 가능성에 대한 불안이 도사리고 있기 때문"이라고 한다. 자연발생적인 사랑은 그 자신 안에서 미움이나 질투로 변화될 수 있지만, 영원성의 변화를 받아들여서 의무가 된 사랑은 결코 변하지 않고 영원하며 안전하다는 것이다.

시인들은 결코 이웃 사랑을 노래하지 않는다. 시인들은 애인이나 친구를 사랑하는 일을 찬양한다. 자기 자신보다 애인이나 친구를 사랑하는 일은 가능하지 않음에도 불구하고 마치 그것이 아름다운 것이며 진실한 것인냥 시인들은 애인과 친구에 대한 사랑을 노래한다. 키에르케고어는 시인들이 노래한 에로틱한 사랑, 친애적 사랑은 모두 자기 사랑의 다른 이름임을 지적하면서 그리스도교에서 명령한 사랑은 오직 이웃에 대한 사랑뿐임을 강조한다. 이웃 사랑의 명령과 관련하여 키에르케고어는 다음과 같이 말한다.

그리스도교의 사랑이란 곧, 우리의 이웃이 실재한다는 사실과, 그리고 같은 사실이지만, 모든 사람이 다 우리의 이웃이라고 하는 사실을 발견하고 아는 그것이다. 만일 사랑하는 일이 의무가 아니라면, 그때는 이웃이라는 개념도 존재하지 않을 것이다. 그러나 우리가 이웃을 사랑할 때만 오로지, 오로지 그때만 편애의 이기적인 것이 근절되고, 영원의 평등이 보존될 것이다.

(키에르케고어, 사랑의 역사 중)

그렇다면 누가 나의 이웃인가? 이교도적 사랑은 애인이나 친구를 찾기 위해 세상을 헤매고 다닐 수 있다. 그러나 그리스도교적 사랑을 하는 이는 '하느님께 기도드리기 위해 닫았던 문을 열고 나오는 그 순간 만나는 첫 사람, 그 사람이야말로' 우리가 사랑해야만 하는 우리의 이웃으로 생각한다. 우리의 이웃은 모든 사람이며 단 한 사람도 배제되지 않는다.

사랑은 양심의 문제이다.

(키에르케고어, 사랑의 역사 중)

그리스도교적 사랑이 존재의 변형과 관련한 것은 바로 사랑이 양심의 문제가 되는 순간이다. 키에르케고어는 결혼 예식에서 목사가 결혼하는 남녀 각각에게 결합을 결심한 두 사람을 맺어주기에 앞서 묻는 질문에 주목한다. "당신은 하느님과 당신의 양심과 의논하였는가?" 그리스도교의 인간관은 인간을 군중으로 보지 않고 개별적 유일한 외톨이로 간주한다. 목사가 남녀 각각에게 개별적으로 사랑의 결합과 관련하여 하느님과 양심에 물었느냐고 질문하는 그 순간이 바로 변모의 순간이라는 것이다. 결혼하는 남녀가 서로를 아내나 남편으로 보기 이전에 서로를 이웃으로 볼 수 있느냐는 질문인 것이다. 이웃이라는 범주에는 어떤 예외도 없는 근본적인 평등이 내재하고 있다. 남편이나 아내를 처음에는 정열적이다가 얼마 후에 지나치게 쌀쌀하게 대하지 않고 서로를 아내나 남편이기 이전에 인간, 즉 이웃으로 사랑하는 것에 대해 양심과 의논하였냐는 것이다. 이런 질문이 존재의 변형과 관련되는 이유는 에로스적인 사랑에 있어서조차 인간은 우선 먼저 하느님에게 속하고 있다는 것에 대한 고백이 우선되어야 하기 때문이다. 하느님과 아무런 관계도 맺고 있지 않은 사람에게 그런 양심적인 질문은 아무런 의미도 없는 것이기 때문이다.

키에르케고어는 사랑은 하느님의 명령이자 우리가 지켜야 하는 의무라고 보았으며 그것의 대상은 인간 전체, 즉 이웃이어야 하고, 그 방법은 자기 자신처럼 사랑하는 것이라고 하였다. 그런 사랑을 자신의 양심과 의논하였는가 하는 질문을 받는 순간 그는 존재의 변형 가능성 앞에 서게 된다. 왜냐하면 하느님과의 관계를 맺어야 자신의 양심에 대해 생각할 수 있기 때문이다.

이상으로 플라톤의 '향연'과 키에르케고어의 '사랑의 역사'에 나타난 사랑과 존재의 변형에 대하여 살펴보았다. 플라톤은 사랑이 육체적 사랑의 단계를 거쳐 최고의 사랑, 즉 아름다움 자체를 관조하게 됨으로써 덕 자체를 생산해낼 수 있음을 말하였다. 에로스가 에로스의 계단을 통해 상위 단계로 이행할 수 있으려면 존재의 변형이 있어야 한다. 이것은 상위 단계의 아름다움이 더 좋은 것임을 깨닫는 과정을 통해 이루어진다. 반면 키에르케고어가 '사랑의 역사'를 통하여 말하고자 하는 사랑은 이웃에 대한 의무이자 하느님의 명령이다. 이 의무를 다함에 있어 자신의 양심에 비추어보는 것을 통해 존재의 변형이 가능해진다. 즉 하느님과의 관계를 맺는 그 순간 자신의 양심에 비추어보는 것이 의미를 갖게 되며 비로소 이웃을 사랑해야 한다는 의무를 다 할 수 있기 때문이다.

플라톤과 키에르케고어 모두 영원한 사랑에 대해 이야기 하였으나 사랑의 방법과 대상 또 그것을 가능하게 하는 존재의 변형에 대해서는 서로 다른 입장임을 알게 되었다. 플라톤은 사랑이 존재의 결핍에서 나온 아름다움에 대한 갈망이라고 하였다. 따라서 사랑의 대상은 존재의 역량 혹은 존재의 결핍에 따라 결정되는 것이다. 즉 존재가 아름다움에 대해 알고 있는 만큼 또는 그가 결핍하고 있는 만큼 아름다움을 추구하는 것이기에 주체의 앎과 깨달음에 의해 사랑의 대상이 결정된다. 반면, 키에르케고어는 사랑이라는 것에 대해 불신 없이 무조건 믿고 명령으로서 사랑을 실천할 수 있어야 한다고 한다. 이런 사랑의 실천을 가능하게 하는 존재의 변형을 가져오는 것은 하느님 앞에 실존하는 자신의 존재를 깨닫게 되는 '순간'이다. 하느님 앞에서 자신이 비진리임을 깨닫고 하느님 앞에 실존함으로써 요청되는 사랑의 의무에 겸손히 따르는 이런 순간은 시간을 뛰어넘어 영원과 관계하게 된다. 가사적인 존재인 인간이 불사와 관계하고 영원하고자 하는 인간의 욕구에 대해 플라톤은 아름다움 자체를 추구하며 덕을 생산하는 것을 통해 가능하다고 하였으며 키에르케고어는 하느님과의 관계 맺는 순간이 바로 영원에 관계하는 것이라고 하였고 그로 인한 사랑의 의무 다함은 영원이신 하느님의 사랑 그 자체의 열매인 것이다.

(2014. 가을. 한남대. 然在)

교사로 다시 태어나다.

 작년 8월 예기치 않은 우연한 사건으로 소담에서 교사로 다시 아이들 앞에 서게 된 후, 어느새 일 년이 훌쩍 지나갔다. 나의 삶이 소담에서의 삶 이전과 그 이후로 나뉜다고 해도 과언이 아닐 만큼, 내가 살아온 지난 삶의 궤적은 우리 교사들이 선택할 법한 평범한 길을 한참 벗어나 있었다. 내가 오늘 감히 소담의 교사는 어떤 모습이어야 할까 논의하는 자리에서 내 이야기를 꺼낼 용기를 낸 것은 소담에서 함께 한 동료들에게 내가 감사했던 모든 일들과 그 이유를 전하고 싶었기 때문이다. 이것은 진정한 용기란 불행한 것 중 그나마 가장 나은 것을 선택하는 것이 아니라, 지금의 선택 또한 나의 욕구 충족을 위해 내가 할 수 여러 가지 일들 중에서 최선을 선택하는 것이라는, 내가 가장 좋아하는 심리학, 선택이론의 가르침에 따른 것이다. 어쨌든 나는 이런 이유, 즉 나의 욕구 충족을 위한 최선의 선택이라는 이유로 용기를 냈고 어려운 이 자리에 섰다. 이 자리는 나를 꽤 즐겁게 한다는 것을 먼저 밝혀둔다.

소담 이전의 교사였던 나를 떠올려본다. 나는 국가로부터 교사 자격을 부여받았고 임용고사를 통해 시교육청의 선택을 받았던, 말하자면 공공기관의 검증을 거친 교사였다. 오욱환(교사 전문성, 2005)에 의하면 나는 구비된 전문성을 갖췄던 셈이다. 30대 초반부터 나는 상담 관련 각종 워크숍을 쫓아다녔고, 임신 중에도 전문상담교사 양성 과정을 다녔으며, 아이들이 어렸는데도 상담교육 대학원 석사 과정을 마쳤다. 아마도 한 분야에서라도 전문성을 갖춘 교사가 되어야 한다는 강박 때문이었던 것 같다. 그 덕분에 생활지도와 상담에 관해서는 나름 일가견을 갖게 되었고, 17년간 쌓은 교육 경험으로 초등 상담 분야에 있어서는 동료 교사나 학부모들에게 조언을 해줄 수 있는 정도의 식견을 갖게 되었으니 오욱환에 따르면 나는 실현된 전문성을 갖추어 간다고 할 수도 있었을 것이다. 그런데 어찌된 일인지 나는 교사의 삶이 그다지 즐겁지 않았고, 내가 가르치는 학생들을 사랑하지도 않았다. 가르치는 것에서 어떤 즐거움이나 보람도 발견할 수 없었던 내가 교사직을 그만두었던 것은 지금에 와서 돌이켜보면 너무나 당연한 일이었다. 퇴직을 선택했던 것이 무모하기는 했어도 내가 할 수 있는 것들 중 최선의 것을 선택하는 진정한 용기에서 나온 것이었다고 할 수 있다. 오히려 가르치는 일에 대한 즐거움 없이 생계형 교사직을 그만두지 않고 꾸역꾸역 해 왔던 것이야말로 불행한 것 중 그나마 나은 것을 해야만 할 때 필요한 소심한 용기 덕분은 아니었을까 싶다. 나의 용단에도 불구하고 퇴직 이후의 삶은 물론 장밋빛과는 거리가 먼 것이었다. 소속감이 결여된 데서 오는 엄청난 불안이 뒤따

랐고 그에 따른 후회는 말할 것도 없었다. 그렇게 5년이 흘렀다. 어느 날 교통사고가 일어났고 나는 절망 속에서 완전히 쓰러졌다. 그리고 나는 다시 교사가 되어 있었다. 그곳이 바로 이곳 소담이다.

그래서 나는 이 책에서 담으려는 메시지를 '생각하라'라는 한마디로 줄였다.

(오욱환, 교사 전문성 서문 중)

소담 교사의 전문성을 주제로 한 컨퍼런스 발제를 제안받고 나서 선생님들과 함께 교사 전문성에 관한 책을 읽으며 비로소 교사 전문성에 대해 본격적으로 생각해보게 되었다. 전문직이란 그 일을 할 수 있는 사람이 가진 지식과 기술이 전문적인 것이어서 그 사람을 대체하는 누군가를 고르려면 꽤 까다로운 조건을 충족시켜야 하는 직업을 말한다. 그런 까다로운 조건을 충족한 사람에게는 그에 걸 맞는 보상을 주어야 한다는 것이 전문직이라는 말에 대해 우리 사회가 합의한 것일 테다.

'교사 전문성'이란 말은 '당신은 전문성을 갖춘 교사인가'라는 다소 공격적인 질문과 함께 교육과정 문해력, 생활교육 및 상담 능력, 교과 지식 및 수업 기술, 학생과의 친밀한 관계 형성 능력, 학부모와의 무난한 관계 등 교사에게 전 방위적으로 요구되는 능력을 내가 가졌는지 의심하는 눈초리를 연상하게 하고 나를 무의식적으로 방어하게 한다. 오욱환은 위의 책에서 교사가 전문성을 갖추기 위해 개발해야 할 자질과 능력을 16개나 제안하고 있는데 그가 말한 전문성 있는 자질과 능력은 너무나도 훌륭하고 지당한 것이지만 그것들에 나를 비추다 보면 내가 한없이 작아지는 듯하고 끝없는 열패감 속으로 빠질 것 같은 기분이 든다. 한편으로 나는 '교사 전문성 전문가'를 자처하는 그의 글에서 또 다른 불편한 감정을 느꼈는데, 그것은 교사가 아닌 사람이 교수라는 권위를 가지고 교사 전문성을 말한다는 데서 오는 불편함이었다. 남의 일에 대한 조언은 참 쉬운 법이지 하는 생각도 들었다. 교사 전문성에 대한 훌륭한 분석과 조언이 가득한 그의 책을 덮으면서 마뜩찮은 마음을 금할 수 없었지만, 그가 서문에서 줄여 말한 '교사여, 생각하라'는 진술의 진정성을 믿고 나는 가르치는 사람인 나에 대해서 생각하기로 했다.

  '교사 전문성'이라는 말을 분석해보면 거기에는 '교사는 전문직이다'라는 직업 분류 차원의 서술과 함께 '교사는 전문성을 가져야 한다'는 당위적인 명제를 함께 담고 있다. 교직을 바라보는 관점에는 우리가 익히 알고 있는 것처럼 전문직 외에도 성직자관, 노동자관이 있고 요즘에는 수업은 예술이라고 하며 수업의 목표보다 표현의 결과를 강조하는 아이즈너의 주장 같은 예술가관도 있다. 만약 교사를 무엇으로 규정하는지에 따라 교사에게 요구되는 자질이나 능력도 달라진다면, 교사 전문성을 기르기 위해 어떤 자질을 길러야 하는지 논의하는 것보다 교사를 어떤 존재로 인식할 것인지, 또 그 인식의 주체는 누구여야 하는지 생각해봐야 하지 않을까. 말할 것도 없이 인식의 주체는 자기 자신이어야 할 것이고, 각자 가지고 있는 교육적 소신, 교육적 경험과 지식을 바탕으로 가르치는 사람으로서 자기 정체성을 인식해야 할 것이다.

몇 해 전 '나는 가수다'라는 예능프로그램에서 가창력 있는 가수들이 나와서 무대를 준비하고 서로 경쟁했던 것을 기억해본다. 매번 경연할 때마다 순위가 정해지는 것으로 인해 스트레스 받는 가수들을 보며 과연 서열을 매기는 평가가 가수들을 창의적으로 만들까 의구심이 들었지만 가수들은 매번 열정적이고 창의적인 무대를 보여주었기에 그들의 모습이 나에게는 어느 때 보다 깊은 울림을 주었던 것 같다. 무엇보다 '나는 가수다'라는 말은 꽤 신선한 충격을 주었는데, 내게는 그 말이 노래하는 사람으로서 자기 자신을 인식한 사람만이 할 수 있는 당당한 고백으로 느껴졌기 때문이다. 나도 그들처럼 당당히 '나는 교사다'라고 외치며 내가 하는 일, 가르치는 일에 대한 열정과 소신 그리고 자부심을 표현하고 싶었으나, '나는 교사다'라고 차마 외칠 수 없었던 나의 의기소침과 무기력한 우울을 고백하지 않을 수 없다.

가수들에게 '가수 예능성'을 요구하며 음악적 능력, 다른 뮤지션들과의 콜라보 능력, 연예기획 홍보 능력 그리고 거기에 예능 감각, 팬 관리 능력까지 조목조목 항목을 나눠 가수 예능성 자질을 갖추라고 하는 것보다 '나는 가수다'라는 자기 고백을 이끌어냈던 것이 가수들 스스로 더 좋은 무대를 만들려고 노력할 수 있었던 것처럼 지금 우리들에게 필요한 것은 '교사 전문성을 갖추자'는 당위적 구호가 아니라 바로 '나는 교사다'라는 자기 고백적 선언이 아닐까. 장르도 스타일도 달랐지만 그들을 노래의 열정으로 이끌었던 말 '나는 가수다'처럼 가르침의 철학과 교육 경험도 다르지만 '나는 교사다'라는 고백이 우리를 가르침의 열정으로 이끌 수 있지 않을까.

그렇다면 나의 고백은 나를 어떤 가르침의 열정으로 이끌었을까. 내가 추구하고 있는 교사상은 구식으로 보일지 모르겠으나 스승상이고 가르치는 사람으로서 내가 롤모델로 삼고 있는 분은 소크라테스이다. 나의 스승은 소크라테스이고, 내가 소중히 여기는 가치는 모두 플라톤의 대화편을 통해 전해지고 있는 소크라테스의 것이다. 그래서 나는 참된 것은 무엇인지 탐구한다는 조금은 고리타분한 철학적 주제와 영혼을 각성하고 고양시키는 것에 관심이 많다. 참된 것 그 자체에 비추어 볼 때, 나는 좋은 교사가 되기엔 여전히 모자라다는 것을 잘 알고 있다. 교사 전문성의 자질을 16가지로 간추려 말한 '교사 전문성 전문가' 교수님의 훌륭한 제언에 비추면 나는 더 없이 부족하다. 그러나 나는 전문성을 갖추라는 그의 조언에 대해서 아니오, 라고 말할 수 있는 당당한 무언가가 내게 생겼음을 느낀다. 소크라테스의 말마따나 내가 모자라다는 것을 알고 있으니 그나마 다행이지 않나 하는 당당함은 나를 용기 있는 사람이 되게 한다. 배우기 싫어하는 아이들에게도 가르칠 수 있는 용기, 그래서 아이들에게 미움 받을지도 모르지만 미움 받을 수 있는 용기 같은 것들을 가진 사람 말이다. 소담 이전의 삶에서 내가 나를 전문가인 교사로 인식하고 교사 전문성을 갖추기 위해 노력했을 때보다, 소담 이후의 삶에서 '나는 다시 교사로 태어났다'고 자신에게 고백하고 내가 소중히 여기는 가치들을 나의 소중한 아이들에게 힘껏 가르치려고 할 때 행복하다는 것을 알게 되어 감사할 뿐이다. 소담의 비전에 비추어 보니 더욱 그렇다. 홀로 서서 나를 바라본다. "부족하지만 나는 교사다." 함께 하는 이들을 바라보니 "부족하지만 나는 사랑한다." 소담 이후의 내 삶 속에서 "나는 충분히 행복하다."

(2019. 겨울. 소담초. 然在)

작은 도서관, 공동체의 가치를 묻다.

대략 13년 전인 것 같다. 큰딸이 여섯 살, 작은딸이 네 살 되던 해부터 작은 아이 학교 입학하기 전 까지니까, 내가 그 공동체를 떠나온 것은 9년쯤 전이겠다. 나는 '대전 공동육아 협동조합 친구랑 어린이집'에서 두 딸을 길렀다. 어느새 훌쩍 자라 고3, 고1이 된 딸들과 요즘도 가끔 날적이(선생님과 부모가 함께 쓰는 육아일기)를 들춰보며 공동육아 어린이집에서의 즐거웠던 추억을 꺼내 보곤 한다.

아이들의 유년 시절이 자유롭고 평등하며 생태적이고 공동체적이면 좋겠다는 생각을 가진 엄마, 아빠들이 협동조합을 만들고 출자금을 모아 땅을 사고 집을 지어 어린이집을 만들고 운영했던 경험. 그것은 아이들 뿐 아니라 나에게도 즐겁고도 의미 있는 경험이었다. 교사대표와 아마(아빠엄마) 대표들로 구성된 이사회, 조합원 한 가구당 한 표를 행사할 수 있는 전체 조합원 회의, 나이별 방모임과 각종 소모임 등 크고 작은 모임들을 꾸려가며 우리는 공동육아 어린이집만의 독특한 문화를 만들어갔다. 친구들 집에 놀러 가는 저녁 마실, 조합원 모꼬지, 아마 활동(선생님들 월차 때 부모가 대신 반을 맡아서 아이들과 하루를 보냄), 날적이 쓰기, 연말 잔치, 조합원 총회 등 공동육아 어린이집에는 국공립, 사설 어린이집이나 유치원과는 다른, 공동육아 어린이집만의 문화가 있었다. 누구 엄마, 누구 아빠, 이런 식의 호칭이 아닌 별명을 부르는 것도 아마, 교사, 아이들이 격의 없이 평등하게 지낼 수 있었던 문화에 한몫하지 않았나 싶다. 그 당시 나의 별명은 '구름빵'이었는데, 아이들은 종종 나를 보고 구름빵! 구름빵 먹고 싶어, 라고 농담을 했다.

공동육아 어린이집이 좋았던 점은 이윤을 남기지 않는 협동조합 어린이집이다 보니 보육의 질이 높았다는 것이다. 아이들은 한 반에 7명을 넘지 않았고, 먹거리는 항상 친환경 농산물들로 채워졌었다. 어린이집을 보내며 혹시라도 우리 아이가 어린이집 교사로부터 부당한 대우나 학대를 받지 않을까 하는 걱정을 단 한 번도 하지 않고 마음 편히 아이들을 보낼 수 있었다는 점은 두고두고 감사한 일이다. 무엇보다 좋았던 것은 저녁에 회식이라도 하게 되어 아이들을 맡길 곳이 없을 때, 조합원들이 서로에게 아이들을 돌봐달라고 부탁할 수 있는 허물없는 이웃이 되어주었다는 점이다. 아이들은 매일 들로 산으로 나들이를 가며 자연 속에서 건강하게 뛰어놀았으며, 친구들의 엄마 아빠들에게도 어색한 예절을 갖추지 않고 자유로이 대화하고 매달릴 수 있는 따스한 공동체 속에서 쑥쑥 자라났다. 공동체 안에서 육아의 어려움과 즐거움을 이웃들과 함께 공유했던 기억이 아직도 잊혀지지 않는 것을 보면 공동육아 협동조합의 경험이 아이들에게는 말할 것도 없이 좋은 것이었겠지만 어쩌다 부모가 된 나 자신에게도 공동체 안에서 성장할 수 있다는 것을 알게 해준 고마운 시간이었던 것 같다.

 내 아이를 잘 기르고 싶다는 생각이 우리 아이들 모두를 잘 기르 자는 공동체의 가치로 바뀔 수 있었던 것은 어떻게 가능했을까? 나는 그것이 협동조합이라는 시스템 덕분 아니었을까 하는 생각을 해본다. 대안적인 어린이집, 유치원이 필요했던 이들이 서로 도와 가며 운영을 했던 것이었기에 이윤을 남길 필요가 없었고 오로지 아이들의 건강한 보육이라는 어린이집의 본질 그 자체에만 목적을 둘 수 있었던 것, 이것은 협동조합이기 때문에 가능한 일이 아닌가 싶다.

 협동조합은 '공동의 필요와 욕구를 충족시키고자 하는 사람들이 자발적으로 결성하여 공동으로 소유하고 민주적으로 운영하는 사 업체'이다. 협동조합이 주식회사와 다른 점이 있다면 그것은 협동 조합의 목적이 이윤에 있지 않고 필요에 있다는 점이다.(박현희, 나보다 우리가 더 똑똑하다) 그러나 이 필요라는 것의 주관성 또한 변질될 가능성이 있기에 나는 내가 경험한 협동조합을 그것의 실 재에 더 가까운 말로 정리하기 위해 한 걸음 더 나가보려 한다. 협동조합은 공동체적 가치와 공동체의 필요에 의해 만들어진 자발 적 공동체이다. 스카이 캐슬 입주민들이 아무리 협동조합을 만들어 집을 짓고 모여 살아도 스카이 입시, 혹은 집값이라는 이기적인 목 표와 필요로 담합한다면 그들은 결코 협동조합 공동체라는 천국의 문에 들어갈 수 없을 것이다. 물론 그들은 공동체를 원하지도 않겠

거니와 원한다고 하더라도 경쟁과 시기, 질투의 악다구니를 결코 벗어날 수 없을 것이기 때문이다.

박현희는 협동조합의 다른 좋은 점으로 직업의 본래 사명을 되찾아준다는 것을 말한다. 의사들은 아픈 사람을 잘 돌본다는 사명, 농부는 건강한 먹거리를 생산한다는 사명. 이 사명을 돈벌이 수단보다 더 귀하게 여기는 이들이 바로 협동조합에서 그것을 실천하고 있는 것이다.

> 민들레는 지역사회 주치의로서 어르신의 건강한 삶과 노년
> 을 위해 필요한 역할을 꾸준히 해나갈 거예요.
> (내가 시작한 미래, 나준식 원장 인터뷰 중)

대전 법동에는 공동육아 협동조합의 선배 조합원들 중 몇몇이 창립 멤버가 되어 만든 민들레 의료복지사회적협동조합이란 것이 있다. 2002년에 창립하여 현재까지 운영해오고 있는데, 조합원 3580세대, 출자금 14억원으로 성장하여, 건강검진, 가정간호, 긴급요양, 심리상담 서비스 등을 제공하고 있다. 그들은 요즘 '건강의 집'이라고 하는 돌봄의 공동체를 만들고 그것의 근간이 되는 '타임뱅크'라고 하는 지역화폐 시스템을 새롭게 시도하고 있다. 돌봄의 공동체에서는 '타임뱅크'를 통해 자기가 봉사한 시간을 저금해서 돌봄이 필요할 때 받거나 돌봄이 아닌 다른 서비스로도 받을 수 있다고 한다. 이들이 '타임뱅크'를 만들며 던진 슬로건은 '우리의 모든 시간은 평등하다'는 것인데, 이 문장에는 변호사의 1시간

이든 농부의 1시간이든 평등하다는, 그들이 추구하는 공동체적 가치가 담겨 있다. 모두의 시간은 평등하다는 가치의 현실 가능성을 따지고 싶었지만, 다른 마음 한쪽에서는 그것을 믿는 이들이 참으로 부러워졌다. 그들이 던진 슬로건을 통해 어렴풋이 짐작할 수 있을 것도 같았지만, 그들이 만들려고 하는 공동체가 과연 어떤 모습일지 궁금해졌다. 공동체를 만든다는 것은 공동체가 추구하는 가치를 형상화하는 꽤 창조적이고 즐거운 작업이다. 그 싹을 알아보고 그것이 커나갈 것을 미루어 짐작하는 기대와 상상의 즐거움 또한 크다는 것으로 부러운 마음을 달래본다.

'모두의 시간은 평등한가.' 이 질문은 '모두의 시간은 평등하다고 믿는가.'라는 질문으로 고쳐져야 한다. 가치는 진위를 따질 수 있는 것이 아니기 때문이다. 그것은 믿음과도 같은 것, 즉 요청되는 것이다. 이는 칸트가 신에 대한 믿음을 두고 도덕적인 삶을 위해 '요청되어지는 것'이라고 한 것(도덕형이상학 정초, 임마누엘 칸트), 그리고 '믿음은 바라는 것들의 실상이며 보이지 않는 것들에 대한 증거'라고 한 성서의 말씀(히브리서 11장 1절)과도 같은 맥락이다. 가치는 공동체가 바라는 것들의 실상이고 모두가 염원하는 공동체를 만들기 위해서는 가치가 신앙처럼 요청되어야 하는 것이다. 그렇다면 우리는 가치의 현실 가능성을 따질 것이 아니라, 가치를 현실화시키기 위한 꿈을 꾸어야 하지 않을까. 아니 그저 상상해보기라도 해야 하지 않을까.

모두의 시간이 평등하다는 꿈을 꾸지 않는 한, 시간의 가치는 한달 월급, 일 년 연봉으로 결정되고 그것이 다른 이들의 그것보다

높거나 낮다는 것에서 오는 우월감과 열등감을 오르내리며 나와 너의 시간 가치를 저울질한다. 나의 시간은 너의 시간과 그 가치가 다르다고 하는 것에 기꺼이 동의하게 되고, 대를 이어가며 시간의 상품 가치를 높이기 위한 노력에 열중하는 시대를 의심 없이 살아 가게 된다. 저마다 더 높은 스카이캐슬을 지으면서 말이다.

나는 '나의 시간이 너의 시간보다 더 가치 있는 것'임을 증명해야 하는 시대를 거슬러 가고 싶다. 시간의 가치는 제각각 다르며 시간 이 곧 돈이라고 하는 자본주의의 망상과는 달리 인간이 태어나서 죽을 때까지 평등한 단 한 가지가 있다면, 그것은 시간일 것이다. 우리 모두는 언제인가 태어났고 또 언제인지 모르는 어느 때 죽는 다. 태어난 순간부터 죽는 순간까지 우리 모두는 지금 이 순간을 살고 있다. 즉 우리는 시간 속에 있다. 필멸의 존재에게 있어 허무 를 극복하고 유한한 시간을 살아낸다는 것은 자기 자신이 된다는 것, 즉 실존한다는 것이다. 실존하는 자에게 시간이 지닌 상대적 상품 가치를 따지는 것이 무슨 의미가 있겠는가. 자기 자신이 된다 는 것 외에 대체 무엇이 더 가치 있다는 것일까. 내가 나 자신의 의미를 찾고자 하는 모든 행위, 즉 실존하는 존재로서 하는 모든 행위를 시간의 양으로 환산한다면 그 양은 그저 그 자체로 절대량 이 되어야 하지 않을까.

인간은 실존한다. 그러므로 모두의 시간은 평등하다.

공동체를 만드는 것이 공동체가 추구하는 가치를 형상화하는 것이라면, 타임뱅크를 만들려고 시도하는 이들이 추구하는 가치는 아마도 공동체를 위해 기꺼이 내놓기로 작정한 시간의 평등일 것이다. 내가 공동체를 위해 봉사한 시간을 노동 강도나 노동의 상품 가치에 따른 환산이 아니라, 절대적인 시간의 총합으로 환산한다는 것은 우리에게 어떤 의미가 있을까. 노동자의 유일한 자산인 노동의 상품 가치를 높이기 위한 생존 경쟁을 당연한 것으로 받아들이는 자본주의적 질서와 상품화된 시간의 개념에 적응하며 살아가는 우리들에게는 마치 딴 세상 이야기처럼 들리기도 하지만, 시대 전복적이며 위험한 세상의 모든 가치 창조자들에게 경의를 표하고 싶다.

 나는 얼마 전 교육청 연수에서 만나 뵙게 된 시인이자, 충남교육청 정책연구소 소장이신 박용주님 부부가 고향 마을에 만든 작은 도서관에서 생태적이면서도 소박한 삶을 짓고 계신다는 이야기를 들었다. '학교 밖 학교, 가정 밖 가정, 교회 밖 교회'를 꿈꾸며 토요일에는 초등학생 아이들부터 아흔 살 할머니까지 함께 할 수 있는 독서 모임과 밥상 공동체를 열고 계신다는 말씀을 듣고는 그곳이 궁금해졌다. 도서관에 방문한 어느 토요일 오후, 도서관 한켠에 마련된 아담한 셀프 카페에서 관장님께서 권하시는 캡슐 커피를 한 잔 내려 마시면서 문득 파스타를 만들고 커피를 내리던 나의 가게가 떠올랐다. 선생을 그만 두고 파스타 가게를 하면서 자기만의 방을 꿈꾸는 여성 글쓰기 회원들과 낭독 모임을 열었던 그때 느꼈던 두 가지 감정이 기억이 났다. 하나는 의미 있는 일을 할 때 생기는 뿌듯함이었고, 다른 하나는 운영자로서 느끼는 현실적인 갈등, 이를테면 하루 영업을 쉬는 데서 오는 금전적인 손해, 행사를 마친 후 해야 하는 청소, 설거지, 뒷정리 등 모든 것이 나의 몫이었던 것에서 오는 피로감이었다. '친구의 것은 모두의 것'이라는 그리스인들의 자유인다운 공동체성을 갖는다는 것은 정녕 이생에서 이루기 어려운 꿈이었을까. 공동체에 대한 향수에 젖어 있다가 깊은 망각 속 쓰린 기억을 일깨워준 것은 어쩌면 향 좋은 커피 덕분인지도 모른다. 나에게는 한 잔이지만, 여러 사람들이 오고 가는 도서관을 운영하시는 분들 입장에서는 이런 작은 것들도 부담이 될 수 있기 때문이다. "관장님, 커피는 돈을 내고 마시면 어떨까요?" 하고 조심스럽게 여쭤봤다가 자연스레 협동조합 이야기로 이어졌고, 그런 사정으로 오늘 이 자리에서 협동조합에 대한 발제까지 하게 된 것이다.

솔직히 말하자면, 나는 협동조합에 대한 근사한 계획도 대책도 없다. 다만, 아이 기르랴, 직장 생활하랴 치열했던 삼십 대의 우울을 조합원들과 함께 이겨왔듯이, 자유인다움이라는 실험을 감행했던 사십 대의 위기를 여성 글쓰기 모임에서 버텨왔듯이, 고독이 달콤하게 느껴지기 시작한, 이토록 호젓한, 중년 중기 이후의 삶 또한 공동체적 가치의 필요를 느끼는 이웃들과 함께 상호 돌봄의 공동체 속에서 즐겁게 만들어갈 수 있지 않을까 하는 상상을 해본다. 그것이 무엇이든 가치는 그 자체로 가치 있는 것이기에 이런 상상 또한 즐겁다.

(2020. 8. 1. 해밝은 작은 도서관. 然在)

우애와 실존주의

존재자는 어디에서나 있는데 존재는 어디에도 없다고 느낄 때 인간은 고독하다. 고독이 스며들 때에는 차라리 눈을 감아본다. 무한한 암흑의 심연에서 환하게 올라오는 그 무엇이 느껴질 때 이제 되었거니 하고 안도하며 눈을 뜨면 안 된다. 침묵 속에 몸을 누이고, 스러지고 일어나는 내 몸의 현상에 주의를 기울인다.

죽음으로 내달려서 죽음을 맞닥뜨린 후에야 비로소 삶을 찾는 철학, 그것이 실존주의라고 한다. 죽음을 마주하고 선다는 것은 마치 하느님 앞에 단독자로 서 있는 것과 같지만, 무한한 존재 앞에 선 유한한 존재는 먼지보다도 이루 말할 수 없을 정도로 작기 때문에 인간은 차라리 죽음이라는 절대 무 앞에서 현상으로나마 존재하는 자기 자신을 더 잘 볼 수 있는 것 같다. 없어짐이라는 현상 앞에서 존재함이라는 현상인 자기 자신을 만날 수 있다면, 본래적 의미의 존재를 자기 안에서 발견할 수 있을 것이다. 키에르케고어는 자기 자신이 되려는 것도, 자기 자신이 되지 않으려는 것도 모두 절망이라고 한다는 아리송한 말을 남겼다. 이 말을 여러 해 두고 곱씹어보았으나 이제는 그저 그가 한 말을 이해하려고 하지 않고, 이해하지 않으려고도 하지 않는다는 말로 답하고 싶다. 그는 그 자신에게 충실한 언어로 자기 자신의 말을 한 것이고 나 또한 나 자신에게 충실한 말로 답하였기에 얼마나 더 자기 자신이 되었는지 견줄 필요가 없지 않겠는가 한다. 장미와 호박은 다르게 피어날 뿐이다.

급식실 뒤 텃밭 고구마 잎이 무성하다. 고구마 순을 꺾어다가 교실 바닥에 앉아 아이들더러 껍질을 까보라고 했다. 선생님 말을 순하게 듣고 두런두런 앉아서 고구마 순 껍질을 벗기는 아이들. 누가 가져갈까. 아이들이 절레절레 고개를 흔든다. 가위 바위 보로 진 사람이 가져가자 했는데 진 아이가 또 고개를 흔든다. 그럼 할 수 없지 뭐, 하고 선심 쓰듯 내가 가져가기로 했다. 퇴근하고 집에 와서 고구마 순 볶음을 해보았다. 끓는 물에 고구마 순을 데치고, 국간장과 들기름, 파, 마늘을 넣어 만든 양념으로 들들들 볶았더니 몇 일 전 급식 반찬으로 나온 고구마 순 볶음과 얼추 맛이 비슷하다. 저녁을 지어 먹으면서 고구마 순 반찬 하나로 여러 존재들을 떠올려본다. 아이들, 흙, 햇빛, 바람, 고구마, 고구마밭에서 순을 따 주시던 청소 아주머니, 그리고 고구마밭에 유난히 많았던 모기들까지. 이들 중에서 나의 우애는 어디에까지 미치고 있을까. 실존한다는 것은 자기 자신이 된다는 것이고, 현-존재가 된다는 것, 즉 다른 존재자들에게서도 존재를 나타나게 한다는 것이다. 그것은 달리 말하면 세상의 모든 존재에게 우애를 느낄 수도 있다는 것인데,

살충제를 뿌려 모기 쫓기를 망설이지 않는 것을 보면 모기는 내 우애의 범주에 들지 않는 것 같다. 그렇다고 과연 내가 아이들, 흙, 햇빛, 바람, 그리고 청소 아주머니의 존재를 현현(顯現)하게 했느냐 하면 그렇지도 않은 것 같다. 엄격한 기준으로 말한다면, 나에게 고구마 순 반찬 만들 수 있게 도움을 주었다는 이유로 아이들, 햇빛, 바람, 흙, 청소 아주머니에게 고마움을 느꼈다면, 그것은 나에게 유용한 것을 해준 이들에 대한 감사일 뿐이다. 물론 감사하는 마음을 갖는 것은 좋은 것이지만, 존재 경험을 따질 때에는 감사라는 감정에도 그것의 한계가 분명 있다는 것은 짚고 넘어갈 문제다. 만약, 그들에 대해 고마운 일을 해준 사람으로 한정한다면, 그것은 그들의 도구적 가치를 넘어서지 못한 인식이 될 것이며, 그들의 본래적인 존재를 비추어주거나 존재를 나타나게 해준 것은 아닐 것이다. 인간에게 도움이 되는 것과 아닌 것이라는 철저히 인간 중심적인 기준이 자연을 이용 가능한 자원으로 보게 하고 무분별한 개발의 이유를 만들어준다. 고구마 반찬 만들기를 도와주려고 그들이 존재하는 것은 아니었던 것처럼 세상 모든 존재는 그저 존재하는 것이다. 우리 자신이 스스로를 유용성을 넘어선 본래적 존재로 인식할 수 있다면 다른 존재자들 또한 고유한 존재로 인식할 수 있지 않을까. 그때 존재가 존재를 느끼는 마음이 우애라는 마음이지 않을까. 그런 마음을 가진 사람이라면 진정 행복하다고 하겠다.

(2020.9.4. 해밝은 작은 도서관. 然在)

인생특강 3

느티나무 그늘 아래서

아기 거미들에게 집이 되어준 느티나무 그늘 아래서

(2022. 4. 12. 운동장 느티나무. 然在)

나는 갑자기 겨울의 정기로 둘러싸 버렸다.
나는 나의 껍질 속으로 더욱 깊숙이 들어가 앉았으며,
집안에도 나의 가슴 속에도 밝은 불을 지펴 그것이
계속 활활 타오르게 했다.

(소로, 월든 中)

자연관찰일기

자연 관찰 일기를 시작한 새벽 그리고 아침. 새벽의, 아침의 정기가 오후에도, 저녁에도, 밤에도 계속 내 피를 흐르기를, 그린 후 쓰는 것이, 그냥 쓰고 있을 때 보다 더 세계에, 자연의 존재에 가까이 다가가 있음을 느끼게 해준다. 눈이 그것을 향하고 손이 그것을 따라간다. 내 안의 온 존재가 그와 함께 한다. (2018.12.27. am 11:20. 然在)

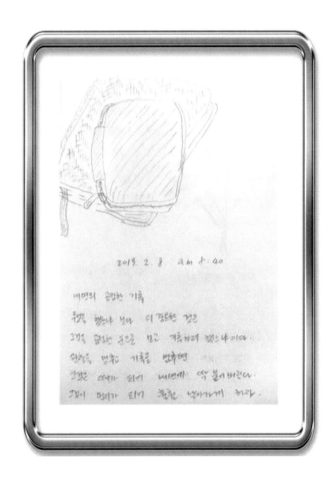

내면의 공정한 기록

무엇을 했느냐 보다 더 중요한 것은 그것을 공정한 눈으로 보고 기록하려 했느냐이다. 관찰을 멈추고 기록을 멈추면 그것은 때가 되어 내면에 딱 붙어버린다. 그것이 먼지가되어 훨훨 날아가게 하자. (2019.2.8. am 8:40. 然在)

어둠은 어디에나 깃들여 있다.

부드럽게 감싸는 새벽 어둠의 고요. 어둠은 어디에나 깃들여 있다.
나무의 굽은 줄기에도 풍성한 머리털에도 가냘프게 빛나는 가로등
불빛에도. (2018.12.27. am 5:40. 然在)

스투키 옆에서

아침햇살이 스투키의 색을 드러낸다. 연두에서 짙은 초록
그리고 연한 갈색까지 옹기종기 앉은 검은 돌 눈이 부시다.
(2018.12.27. am 9:20 然在)

백 갈래의 길

백 갈래의 길이 있다. 그곳이 영원이든, 나락이든.

(2018.12.27. am 9:35 然在)

증상에서 벗어나기

집 앞 화단에 있는 나무 곁에 꼼짝 않고 서 있다가 추위서 얼른 들어왔다. 요즘 이유 없이, 어쩌면 다량의 커피 때문인지도 모르지만, 가슴이 두근거리는 증상이 있어 걱정이었는데, 그리기를 마치고 들어오는데 그 증상이 없어진 듯 가슴이 편안하다. 어둠의 흔적을 아직 떨구지 못한 마른 잎이 나뭇가지에 대롱거린다. 가지 끝 옹골찬 맺음도 눈에 띈다. 떨굴 건 떨구고 맺을 건 맺는 나무가 추운 데서 아직도 서 있다. (2018.12.27. pm 5:55 然在)

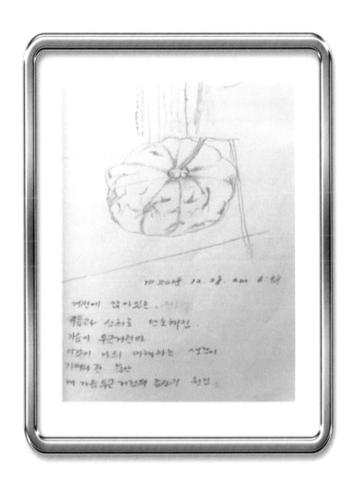

단호박

계단에 앉아 있는, 주름과 상처로 단호해진. 가슴이 두근

거린다. 이것이 나의 미래라는 생각이 가져다준 불안. 내 가

슴 두근거림 증상의 원인. (2018.12.28.am 6:58 然在)

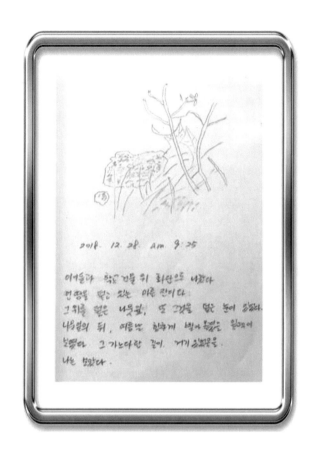

어느 겨울날

아이들과 학교 건물 뒤 화단으로 나갔다. 언 땅을 덮고
있는 마른 잔디와 그 위를 덮은 나뭇잎, 또 그것을 덮은 눈
이 있었다. 나뭇잎의 뒤, 여름날 힘차게 빨아올렸을 잎맥이
보였다. 그 가느다란 길이 거기 있었음을 나는 보았다.
(2018.12.28. am 9:25 然在)

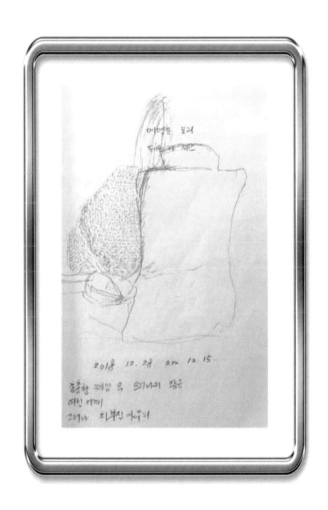

메멘토 모리, 페르 라 셰즈

촘촘한 짜임 속 드러나지 않은

여린 어깨

그러나 다부진 마무리 (2018.12.28. am 10:15. 然在)

따스한 겨울 해

따스한 해를 등지고 서 있으니 알겠다.

그래서 마른 땅에 촉촉한 이끼가 아직 남아있구나.

(2018.12.28. am 11:14. 然在)

나무의 마른 갈망

(2018.12.29. am 07:10−08:09. 然在)

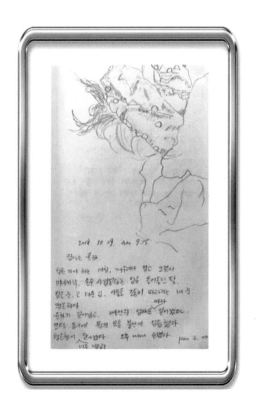

평온과 슬픔의 이유

학원 가야 하는 아침, 깨우려다 말고 그렸다. 머리카락, 손수 사 입었다는 잠옷, 들어 올린 팔, 감은 눈, 코, 다문 입. 이불을 조용히 따라가는 내 눈. 평온하다. 윤하가 일어 났고, 내 안의 엄마도 따라 일어났다. 그와 동시에 뭔지 모를 불안이 엄습했다. 평온함이 너무 빨리 달아났다. 오후 내내 슬펐다. (2018.12.29. am 9:15. 然在)

누구도 막을 수 없는 시인의 일을 생각하며

"시인을 막을 수 있는 것은 아무 것도 없다. 왜냐하면 그의 행동의 동기는 순수한 사랑이기 때문이다. 그가 오고 가는 것을 누가 예측할 수 있겠는가? 시인은 그 고유한 업무 때문에 종잡을 수 없는 시간에 밖으로 불려 나가며 심지어는 의사들이 잠을 자는 시간애도 그러한 것이다." (헨리 데이비드 소로우, 월든 중)

(2018.12.29. pm 9:00. 然在)

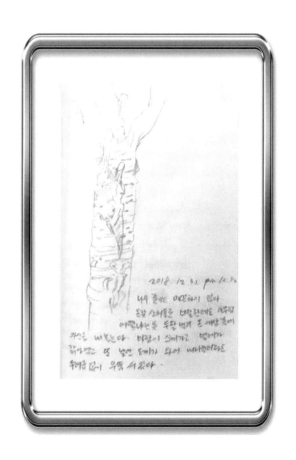

두려움 없이 우뚝 선

　나무줄기는 매끈하지 않다. 온갖 상처들로 너덜한데도 아무렴 어떻냐는 듯 두 팔 벌려 온 세상 속에 자신을 내놓는다. 바람이 스쳐 가고 벌레가 갉아먹고 또 날선 도끼가 와서 내리찍더라도 두려움 없이 우뚝 서 있다. (2018.12.30. pm 12:50. 然在)

그려지고 지워지고, 가려지고 드러나고

묵은 짐 정리를 마치고 유진이의 책상 위에 놓인 화분을 그렸다. "이건 다음에 갖고 갈게요. 선생님도 그리셔야 하고 저도 짐이 너무 많으니까요." 한참을 그리는데 누가 휴지 두루마리를 화분 옆에 두었다. 휴지를 그렸다. 또 한참을 그 렸는데 누군가 휴지를 가져갔다. 그래서 휴지를 지웠고 화 분의 가려졌던 부분도 모두 그릴 수 있었다. (2018.12.31. pm 1:15. 然在)

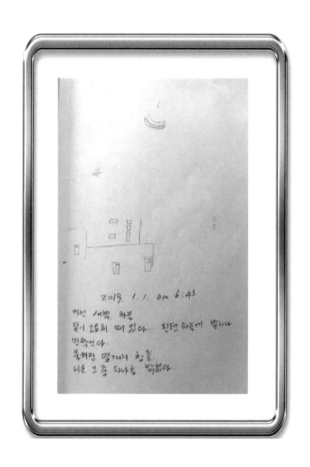

고요한 달

까만 새벽. 하늘

달이 고요히 떠 있다. 왼편 하늘에 별 하나

반짝인다.

불 켜진 몇 개의 창들.

나도 그중 하나를 밝혔다. (2019.1.1. am 6:43. 然在)

시선 밖의 꿈

축구 하는 아이들을 등지고 작고 마른 나무를 그렸다. 슬
리퍼 신고 와서 축구 못하는 영빈이가 왔다 갔다 해서 말을
걸었다. 영빈이 진로 희망 조사서 안 냈던데. 어, 저요. 그거
오늘 쓰고 가야 해. 어 저 꿈 없는데. 미용사는 싫어요. (영
빈이 엄마가 미장원을 하신다.) 요리사 할까. 모르겠어요. 나
의 눈은 나무를 향했다. 영빈이나 영빈이 꿈은 내 시선 밖에
있었다 생각하니 미안하다. (2019.1.2. am 11:10. 然在)

진이의 얼굴

그네 타는 아이들 옆에도 서 있었다. 조근조근 말 잘하는 진이가 말을 건다. 선생님은 어려서도 선생님이 꿈이셨어요? 헤헤. 저는 꿈이요. 나중에 작은 커피가게 하는 거예요. 그거 해서 돈 벌어서 언니들이랑 여행도 가고 그럴 거예요. 상담사가 꿈이었는데 제가 결혼도 하고 아이도 낳아야 하니까 그 아이한테 잘해주고 나중에 할려구요. 선생님, 저 그리시는 거예요? 아, 좋아라. 다 그리면 보여주세요. 헤헤..

(2019.1.2. am 11:50. 然在)

비탈에 선 나무

한솔고 뒤 언덕에 오르는데 내 눈이 땅을 향한다. 솔방울
과 마른 솔잎을 주워 가방에 담는다. 땅이 가파르니 땅을
보고 걷는데도 시선이 자연스레 나무를 향한다. 중력을 이
기지 못해 가끔 땅으로 고개를 떨군 가지들, 그러나 여전히
굳은 의지로 하늘을 향해 내뻗는 가지들도 있다. 꽉꽉꽉 소
리가 나서 고개 들어보니 하늘 저편에 새들이 줄지어 날아
간다. (2019.1.7. am 9:10. 然在)

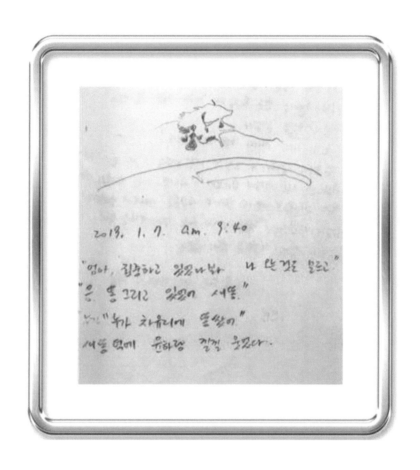

누가 차 유리에 똥 쌌어?

"엄마, 집중하고 있었나 봐. 나 오는 것도 모르고."

"응, 똥 그리고 있었어, 새똥."

"누가 차 유리에 똥 쌌어!"

새똥 덕에 윤하랑 낄낄 웃었다. (2019.1.7.am 9:40. 然在)

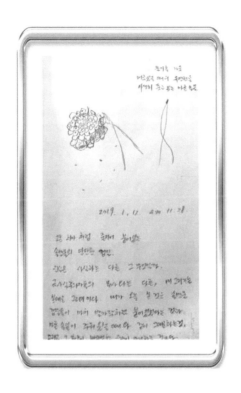

유연함을 품고

물기를 가득 머금었을 때의 유연함을 여전히 품고 있는 마른 솔잎. 고른 치아처럼 줄지어 붙어있는 솔방울의 단단한 껍질. 진실은 사실과는 다른 그 무엇일까. 극사실주의자들의 묘사와는 다른, 내 그리기는 본대로 그리기이다. 내가 오늘 본 것은 솔방울 껍질들이 마치 발가락처럼 붙어있었다는 것과 마른 솔잎이 주워왔을 때와 같이 그대로라는 것, 그리고 그 모양이 뻣뻣한 직선이 아니라는 것이다. (2019.1.12.am 11:28. 然在)

우아한 겨울나기

　겨울에도 붉은 잎과 열매를 떨구지 않은 나무가 있다. 가
지 끝에서 이어지는 잎의 선과 초록을 품은 붉은 빛이 곱다.
윤서가 '너랑 나랑'을 부르는 소리, 엄마가 먼지 털어내는 소
리를 들으며 겨울을 붉은 빛으로 이겨내는 나무의 우아한 방
식을 천천히 바라본다. (2019.1.13. am 10:15. 然在)

온몸으로 사랑받기

반가운 눈이 내린다.

이마에, 눈에, 팔에, 어깨에.

무한한 사랑을 온몸으로 받고 있는 나무

(2019.1.17.am 11:20. 然在)

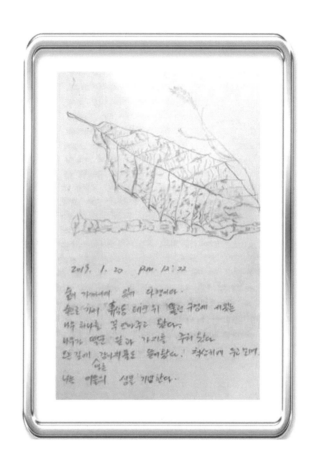

나무를 안아주고

숲이 가까이에 있어 다행이다. 숲으로 가서 휴식용 데크 위 뚫린 구멍에 서 있는 나무 하나를 꼭 안아주고 왔다. 나무가 떨군 잎과 가지를 주워왔다. 오는 길에 마른 강아지풀도 뜯어왔다. 책상 위에 두고 보며 나는 이들의 생을 기념한다. (2019.1.20. pm 12:22. 然在)

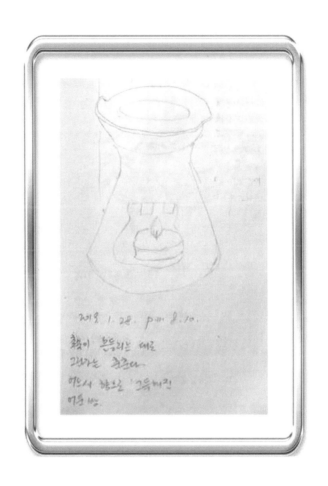

향으로 그득해진

촛불이 흔들리는 대로
그림자는 춤춘다.
어느새 향으로 그득해진
어둔 방. (2019.1.28. pm 8:10. 然在)

내 손을 떠난 나무

가게 창 앞에 앉아서

내가 두고 간 나무를 그린다.

물이 고파 보인다.

내 손을 떠난 나무 (2019.1.31. pm 7:05. 然在)

봄 나무

윤서 방 창밖 나무

마른 가지에 벌써 봄이 와 있다. (2019.2.9. am 10:00. 然在)

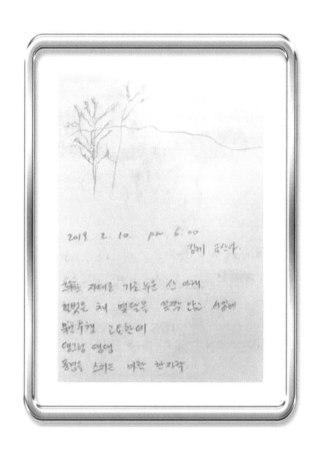

금산사 누운 산

그윽한 자태로 가로 누운 산 아래

헐벗은 채 몇 달을 꼼짝 않고 서있네

묵언수행 고요한데

댕그렁 댕댕

풍경을 스치는 바람 한 자락 (2019.2.10. pm 6:00. 然在)

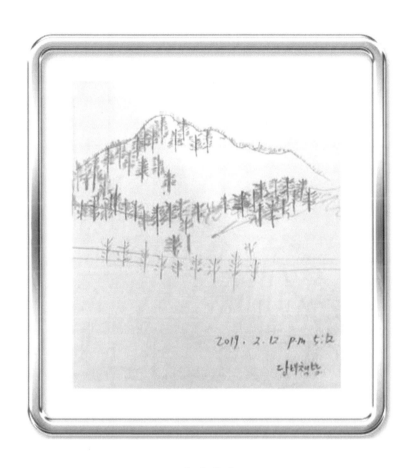

단비책방

(2019.2.12. pm 5:12. 然在)

나중에 커서

"와, 선생님 커서 화가 되시겠다. 근데 벌써 선생님 되셨네.
그럼 그냥 우리 가르치시면서 화가 하세요."
선주가 그랬다. 나한테 그랬다.
나중에 커서 화가 되라고. (2022.4.26. 봄 화단. 然在)

에필로그

모든 것이 사라진 것
은 아닌 달. 인디언들
은 11월을 그렇게 부
른다고 한다. 11월이
다 가기 전에 나는 '다
른 세상의 달 12월'로
들어가기 위해 이렇게
쓰고 또 쓰는가 보다.
또 다른 인생을 꿈꾸
었던 2015년 9월, 나
는 17년간 몸담았던
교사직을 그만두었다.
파스타를 좋아한다는
이유 하나로 어머니의 이름을 빌려 2014년 봄, 덜컥 문을 열었
던 프랜차이즈 레스토랑 J를 2017년에는 all that pasta 연재의
테라스라는 이름으로 고쳐 부르다가 2018년 여름, 문을 완전히
닫기까지 내가 온 마음을 다해 사랑했던 그 공간이 너무나도
그립다.

Terrace Of Yeonjae
Recitation
Performance
Symposion   2017. 7

Terrace Of Yeonjae

Recitation
Performance
Symposion

토요일의 향연

연재의   낭독
테라스   연주
            향연

연재의 테라스는 토요일에 있습니다. 작회가 꾸민 토요일. 여름이 문화는 캐어노일 바라며 공간 나눔을 하고 있습니다. 6월 3일 토요일 저녁 소설가 김정희님이 가든하고 기획한 형식인 토요 낭독회가 열렸답니다 7월 1일 토요일 저녁에 두 번째 낭독회가 열립니다. 2월 낭독회는 쓰고 가진 예술가의 정원 2월 장식을 위한 글쓰기에 머리를 싱크입니다. 오늘부터 매일 7까지 토요일 저녁 5시 토요일의 향연은 거씨트리 매일 다른 향연가 3분을 모시고 7가지 7회에서 음용한 예술가의 정원 가꾸는 분들의 목소리를 음을 계획입니다.

연재의 테라스는 토요일에 있습니다. 작회가 꾸미는 토요일. 여름이 문화는 캐어노일 바라며 공간 나눔을 하고 있습니다. 6월 3일 토요일 저녁 소설가 김정희님이 가든하고 기획한 형식인 토요낭독회가 열렸답니다. 7월 1일 토요일 저녁 5시에 열기로 합니다. 릴레이 낭독회 형식으로 운영될 계획입니다 매일 다른 낭독가 3분을 모시고 7가지 7회에서 음용한 예술가의 정원 가꾸는 분들의 목소리를 음을 계획입니다.

먹고, 마시고, 함께 꿈꾸는 〈연재의 테라스〉

포크와 스푼 모양의 손잡이를 밀고 세종시 한솔동에 있는 〈연재의 테라스〉 안으로 들어서면, 아늑한 입구가 방문객을 맞는다. 방문객들에게 무료로 제공하는 음악 CD, 누구든 편지를 쓸 수 있도록 마련해 놓은 편지지, 가지런히 정돈된 소품들을 보다보니, 마치 정성껏 꾸며놓은 누군가의 집에 초대된 것 같은 느낌이 든다.

〈손편지를 쓰고 부치는 공간〉

이곳 〈연재의 테라스〉는 피자와 파스타를 판매하는 이탈리안 레스토랑이자, 예술에 목마른 모든 사람들에게 열린 환대의 공간이다. 한쪽에는 피아노가 놓여있고, 벽면에는 독일 화가 프리드리히의 풍경화가 걸려있는 평범치 않은 레스토랑의 주인장은 작가이기도 하다. '연재'는 바로 그의 필명,

〈토요낭독회 현장〉

17년간 초등학교 교사로 근무하던 그는 이탈리아 음식에 대한 관심으로 레스토랑을 열었고, 작년에는 산문 「어디에서 쓸 것인가」(『작가바투』 24호, 총남작가회의)로 등단하였다. 그의 표현을 빌리자면, 그는 '버는 사람(레스토랑 운영자)'이자, '쓰는 사람(작가)'인 것이다.

나아가 〈연재의 테라스〉는 예술을 꿈꾸는 여성들이 함께 모여 서로 격려하고 연대하는 공간이다. 그 일환으로 이진 영화평론가, 김정의 소설가 등과 함께 매주 화요일 오후 3시에 묵독(默)讀)모임을 갖고, 한 달에 한 번 토요일 오후 5시에는 낭독회를 연다. 낭독회는 세종시의 예술가들을 모시고 그들의 이야기, 노래와 연주를 듣는 시간인데, 예술가가 아니더라도 낭독으로 참여할 수 있다고 한다. (문의: 044-863 -8837, bangroo@naver.com, 8월 낭독회는 8월 26일(토) 오후 5시 예정).

낭독회가 열리지 않는 토요일에는 대관을 원하는 이들에게 무료로 공간을 나누고 있다. 세종시의 문화가 깨어나길 바라는 연재 작가의 바람이 담긴 기회이다.

인터뷰를 마치고 나니 문득 '혼자 꿈꾸면 여워의 꿈이지만, 함께 꿈꾸면 현실이 된다'는 어느 화가의 말이 떠올랐다. 〈연재의 테라스〉가 육아와 가사 부담처럼, 〈연재의 테라스〉가 육아와 가사 등으로 예술 활동을 지속하기 어려운 여성들에게 계속 함께 꿈꾸는 공간, 꿈을 현실로 맞는 공간이 될 것을 기대해 본다.

〈꽃게 한마리 로제 파스타〉

※ 대표메뉴는 꽃게 한 마리 로제 파스타이고, 가을에는 통베이컨 커크림 뇨끼와 별집삼겹 스테이크가 출시된다고 한다.

※ 보다 자세한 인터뷰 내용을 보시려면: http://blog.naver.com/listener_16

이지현 시민기자
jihyunlee@kdi.re.kr

연재의 테라스로 가는 길

"어디야?"

"응, 당신 마음속."

 연재의 테라스. 2014년 세종에서 문을 열었던 그곳은 이제 없습니다. 그러나 저는 오늘 새벽 그곳을 보았습니다. 언덕 위에 있는 작은 집, 이곳에서 쓰는 사람이 되기를 소망합니다. 오직 고독 속에서 나(I Am)를 만나고 제대로 나(I Am)를 쓰기를 소망합니다. 눈앞에 있는 주전자처럼 오직 생생하게 그려내기를 저도 소망합니다. 저를 사람책으로 대여해가는 가난한 영혼들을 떠올리며 이곳 테라스를 꿈꾸었습니다. 골방에서 나 자신(I Am)을 만나는 이 기쁨과 행복을 알려주고픈 소망이 어디에서 왔는지 우리는 이미 알고 있습니다. 어디에서 와서, 어디로 가는가. 아름다움을 꿈꾸는 모든 이들은 이미 그 답을 알고 있습니다. 고상한 것, 고귀한 것, 위대한 것을 품은 사람들만 만나고 싶습니다. 그것이 아니라면 저는 오로지 외로울 것입니다. 저를 대여하십시오. 마음이 가난한 사람은 구할 것이고, 나 자신(I Am)을 만날 것입니다. 인생특강을 마치는 날, 참여하신 모든 분들의 새로운 인생이 소망의 씨앗 되어 완성되어 있을 것입니다. 그날 우리는 모두를 위한, 모두의 테라스에서 향연을 펼칠 것입니다.

(2022. 11. 23. 연재의 테라스. 然在)